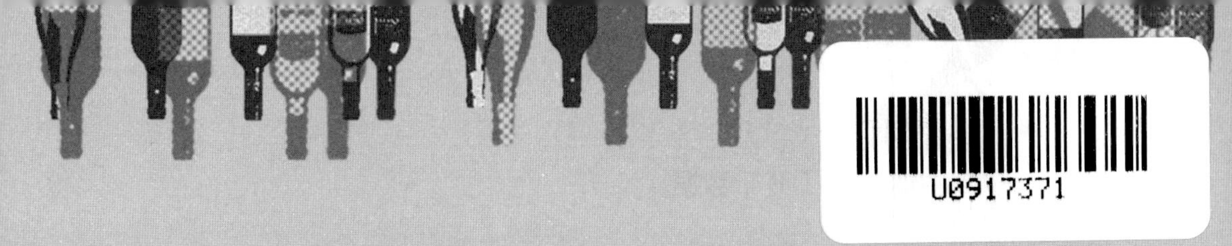

三里屯儿尼亚

芦稻赋 著

外企职工意外下岗后的另类待业假

浓缩三里屯土著四十年的喜怒哀乐
揭示北京市盈罗绮背后的人生百态

北京燕山出版社
BEIJING YANSHAN PRESS

图书在版编目（CIP）数据

三里屯儿尼亚 / 芦稻赋著. — 北京 : 北京燕山出版社, 2013.5

ISBN 978-7-5402-3219-1

Ⅰ. ①三… Ⅱ. ①芦… Ⅲ. ①纪实文学 — 中国 — 当代

Ⅳ. ①I25

中国版本图书馆CIP数据核字(2013)第085274号

三里屯儿尼亚

作　　者　芦稻赋
责任编辑　安　静
统筹监制　刘水晶
装帧设计　赵佳丽
出版发行　北京燕山出版社
　　　　　北京市宣武区陶然亭路53号　　邮编 100054
印　　刷　北京雷杰印刷有限公司
开　　本　710×1000　1/16
印　　张　14.5
字　　数　150千字
版次印次　2013年6月第1版　2013年6月第1次
书　　号　ISBN 978-7-5402-3219-1
定　　价　29.80元

目录

献给所有三里屯儿尼亚人

Dedicated
To All Sanlitunians

一、噩耗

血光之灾往往不期而至。眼看着鲜血从唇边渗出，沐国恩举着吉列锋速三剃须刀气急败坏。肯定是刚才沉溺于梦境中的艳遇心猿意马，才惨遭皮肉之苦。端详着修面镜中的花白头发和放大了的胖脸，越看越不顺眼。匆匆冲干净血迹，穿戴整齐出门儿。

沐国恩所在的小区唤作“汀兰阁”，一看就是借用范仲淹《岳阳楼记》中的句子。楼书原本以所谓大片水景为卖点，竣工后楼宇间只剩下个不大不小的喷泉了。但这算得了什么呢？业主们当时向开发商主要投诉的是套内面积缩水，哪还顾得上“汀兰阁”是否名副其实。争议刚开始动静儿挺大，后来自然而然地不了了之。但如果在网上搜索“挺烂阁”，依然可以查到十年前的那场纠纷。

今儿喷泉旁的石子路上没有狗屎也见不到痰迹，新铺的草皮绿油油的挺干净，花儿也漂亮。沐国恩出了小区，没有理会盘踞在路边儿的几辆黑出租，径直向地铁站走去。大夫建议他这样的胖子多锻炼，而他从儿时就痛恨体育课。步行几乎算是整天唯一的运动了。

他刷卡进站时已经九点半了，避开了最要命的八点半到九点那个拥堵时段。此时上车人依然摩肩接踵，但还不至于令人绝望。两个月前的某个星期一，他为赶工八点二十就到了地铁站，却溜溜儿等了四十分钟才上车，眼睁睁地看着身边的大姑娘小伙子们以拼刺刀的玩儿命劲儿愣往车厢里塞。而他年已不惑，从小在挤车方面既没兴趣又没天赋，只得望车兴叹了。

当他从楼梯走下月台时，一个窈窕的身影从他身边飘过。他的眼睛立马儿锁定了紧绷绷地包在牛仔短裙中的浑圆屁股。于是他紧跟着跑下楼梯。列车恰巧进站，便随众人一拥而入。

只看一眼身材就能断定当然是异族美女。在拥挤的车厢里跟陌生人套瓷肯定没戏，却可以近距离仔细端详对方而不至于找抽。她与自己身高相仿，灰眼珠儿，翘鼻子，黑色的卷发一丝不乱，一脸的冷漠，像是斯拉夫人。她双手都戴着戒指，婚姻状况似乎有些模棱两可。他努力把目光从她的胸部移开，此刻闻到了左近拎着编织袋儿的老乡身上的一股体臭。真他妈煞风景！车厢里的闭路电视则没完没了地播放广告，只听一个没心没肺的女声煞有介事地喊着："5——8——同——城——"

| 一、噩耗 |

沐国恩上班儿一贯赤手空拳。洋妞儿挎个坤包儿，算是女性标配。身旁的乘客要么背个包儿，像乌龟壳儿一样扣在背后；要么为了防盗把包儿兜在胸前，如同育儿袋一样；还用拉杆儿箱的，恰似拖个煤气罐儿。八月初的北京正值盛夏。车厢明显超载，虽有空调，乘客们依然止不住地冒汗。下车时只见月台上的候车人群已形成了巨大的方阵。沐国恩向洋妞儿匆匆投去告别的一瞥，便急忙向外走。穿过人墙时低头一看，原本光可鉴人的一双皮鞋，都印上了别人的脚印儿。点儿背啊！

地铁出口与隆懋相连。隆懋是个综合建筑群，商场、酒店、办公楼、展厅齐备，占尽了环路与长安街交叉的地利。从地铁出来上扶梯就到了隆懋的地下南区，头上的指示牌儿上用英语缩写SB表示。当然在汉语拼音里，SB可能是指北京臭名昭著的骂人话，比英语里的SOB（狗娘养的）似乎还要难听。沐国恩无暇领略专卖店里的时装，走过日本快餐厅和东南亚饭馆儿，从所谓京味儿斋里买了份生煎包儿、油条外加一大碗豆腐脑儿，直奔办公楼所在的地下北区，指示牌儿上写的是NB。这个缩写令他感觉舒服多了。等电梯的时候，掏出单位配发的黑莓手机查电邮。中午有个什么资本市场培训，不过与己无关。近来的确不忙，头头脑脑儿纷纷休假。他自己上个月刚去欧洲度假三周，年假都用光了，赶上瑞士法郎汇率走高，银子也没少花。

到顶层，出电梯，从楼道右拐就到了单位的侧门口。他把左胸凑向门旁的感应器，“嗞”声随即响起：感应器读取并接受了钱包里的门禁卡，门锁应声而开。当他步入自己那间办公室时，一边向屋里的同事点头，一边瞟了一眼电话上的液晶屏：有电话！

他又从裤兜儿里掏出黑莓：没电邮啊。有人打来电话却没发电邮，似乎说明并非什么大事儿。但他不敢不当回事儿，随即

一、噩耗

翻查来电显示：是一把手打来的！赶紧回拨。“他这就出门儿。”是秘书的声音。沐国恩觉得口干舌燥起来，连忙快步走向主管合伙人的办公室，恰好碰上头儿拎着公文包儿往外走。“您找我？”沐国恩略略颔首，恭顺地望过去，用英语问。“啊，对。不过我得赶个会，等我下午回来再谈。”大高个儿美国佬满口京片子，无懈可击。

沐国恩一时立在原地，不知如何是好，心说不妙。头儿说要跟他“谈”，可见事情非同小可。如果有什么紧急的任务，肯定早就把邮件发来了，有啥可谈的呢？虽然还没吃早餐，可他已经没什么胃口了。他启动电脑，擦干净皮鞋，开始大嚼油条，心里则在盘算：近来所里风平浪静，似乎没什么重大的业务或人事变动。想到此处，他坚决地摇了摇头：谁知道呢？他从小就温厚谦和，成年后为人处世低调，继承了父母那一代知识分子历经政治运动后养成的做派。父母在世时，他往往觉得他们不够通融圆滑。而现在的自己在骨子里还是他们那种超然心态：对上级恭敬，对同事和顺，在心里把握着火候，掌握着分寸，保持着距离。30岁之前也曾把年龄相当的同事当成哥们儿，如今想起来只会报以叹息、付之一笑了。作为这家美国律师事务所里年已不惑的翻译，一个所谓“基础设施”人员，对于所儿里的动态，消息是最不灵通的。往往是接到某位同事群发的告别电邮儿才知道此人将另谋高就。这类电邮常常是这么开头的：“某些同仁恐怕已经知道，今天是我在格林瑟姆最后的工作日。我要由衷感谢……”而在这些先知先觉者中，从来就没有他。因此如果现在所儿里果真有啥新动向，他恐怕依然被蒙在鼓里。

生煎包儿的火候儿恰到好处：包子底儿酥脆金黄，却无半点儿焦糊；豆腐脑儿里有牛肉丁儿、鸡蛋花儿和蘑菇片儿，浇汁儿均匀，温润可口。头儿说回头谈。沐国恩吞下最后一口豆腐脑儿，心里琢磨着：我捅什么娄子了吗？不像啊！五月份的年度考评刚过不久，合伙人和律师对他表现给予肯定，工资也涨了，虽说涨幅微不足道。目前像他这样的工资水平，行市恐怕就是这样。要是能像 90 年代末那么涨工资该多好！ 1997 年起，他的工资三年内涨了两倍半。可惜一去不返了。

早在决定跳槽到这家律所之前，他就从网站上查阅了背景资料。格林瑟姆是格林瑟姆·雷恩哈特·麦克诺顿和克鲁格曼有限责任合伙的简称。西方律所往往以创始合伙人的姓氏命名，冗长的名称体现了其历史：1863 年约翰·格林瑟姆跟弗兰克·雷恩哈特在纽约创立了自己的事务所，1958 年与芝加哥的麦克诺顿·琼斯律所合并，1992 年又收购了德国的克鲁格曼·海因茨·施莱辛格。格林瑟姆在两年后即 1994 年获准在中国内地执业，其香港代表处则早在 1975 年就设立了。格林瑟姆 148 年的历史，两千一百位律师，在美洲、欧洲和亚洲开设的 23 家分所，堪称业界响当当的金字招牌。

到星期日，他在这个所里就满五年了。五年人事几番新。五年前入职的一帮人马，还剩多少啊！2006 年、2007 年外资律所生意越来越火，这儿招了一批刚毕业的生力军。两年中个别人挺不住这么高强度的工作，走了。他没太当回事儿。2008 年奥运会之后的萧条，恐怕是谁都没料到的。转过年来，3 月份就开始裁员。有个女孩儿刚招进来不到半年就被打发走了。单位的人一下子少了一半儿还不止。同样令人没想到的是业务的回暖。用精简过的队伍应付暴涨的业务量，只能把人当驴使。律师之中，见习律师级别最低，差不多是谁都可以使唤。有个见习律师在一个月内计费时间居然达到匪夷所思的 493 个小时。沐国恩作为翻译，还不至于狂忙，当年也比往年多熬了几夜。年底外资所排行，格林瑟姆中国区的上市、并购业务独占鳌头，业界刊物评比中频频获奖，一时风光无限。所里自有一番提拔犒赏。但人算不如天算。整整一年前，刚刚上任的北京办事处主管合伙人在一个周末之内就转投一家英国所。随后不久，又有俩重量级合伙人跳槽，顺便带走了几个骨干律师。至于拉走了多少大客户，他这个翻译就不得而知了。进入2011年，能跳的跳得差不多了，新招的人马也已到位，生意似乎也清淡下来。

快午休了。沐国恩看着“发现”网站上的新闻，满脸茫然。窗外，永安里使馆区郁郁葱葱，恰似一大盘儿青炒西兰花儿。北海的白塔与妙应寺白塔遥相呼应，就像一对奶油蛋糕。更远处，西山之巅，雾霭氤氲，如袅袅炊烟。然而沐国恩却毫无心情。

与前几年相比，这半年多来的日子舒服多了，每月加班儿次数不多，至于周末赶工，似乎只在上周发生过。祸兮福所倚，福兮祸所伏。他在职场混迹多年，对于工作清闲背后的风险，自是了然于胸。不过想想自己一贯任劳任怨，从未拒绝过加班儿，更有过多次熬夜的苦劳，又安下心来，准备下楼去吃午饭。在电梯门口恰好遇到一把手儿回来，不待沐国恩开口，头儿先发了话：“有空儿吗？那跟我来吧！”两人进了一把手儿的办公室，隔着办公桌儿坐好。沐国恩无暇注意桌上摞着的招股书，直盯着头儿的面孔：您就来个痛快点的吧！

头儿轻轻出了口气：“到周日，就是2011年8月14日，你在本所供职就满五年啦。”沐国恩心想：坏了！把日子记得这么准，还能有啥别的目的吗？果不其然，一把手儿续道：“感谢你五年来为本所做出的贡献。但近来生意少了，派给翻译的工作量大幅下降，你们的计费时间也证明了这一点。”对此沐国恩只能点头：半年来他的月均计费时间不到60小时，经常整天无所事事，就像今天一样。“现在看来，生意不会马上好起来。于是所儿里只好决定终止对您的聘用。”担心的事儿终于发生了。

趁主管合伙人略微停顿的工夫，沐国恩抓紧盘算了一下：仅仅裁我一个还是要裁一批呢？凭什么裁的是我呢？但他最终克制住好奇心，问道："是我捅什么娄子了吧？"合伙人略一迟疑，还是公事公办的腔调儿："所儿里解聘的唯一理由就是活儿少人多。"不愧是大老板，回答得滴水不漏，否则做不到这个位置。沐国恩心里明白除了所谓活儿少人多，肯定另有原因。如果以工作不称职作为解聘的借口，沐国恩可以引用各年度考核结果予以反驳。但头儿不给他这个机会。决定已经落听，沐国恩不想再矫情了。"能给我多少钱？"

谈到钱，对方的反应更快，说起来越发流利："按照现行《劳动合同法》的规定，遣散费的发放标准是每满一年支付一个月工资。"沐国恩苦笑了一下：跟顶尖儿的律师掰扯法条，自己哪儿是个儿啊！只听他说："所谓月工资，是指你十二个月以来的平均工资，而且上限是北京上年度职工月均工资三倍。这么算下来补偿的月薪上限也就是一万两千块左右。"干五年才补偿六万块！沐国恩的心一下子沉到谷底，顿时感到手脚冰凉。这时主管合伙儿人脸上浮起一丝微笑：“当然，这么对待你就太不公平了。我们跟人事经理商量了一下，还是按照你上个月的实际工资计算补偿金额。此外还有一个月工资作为未能提前 30 天通知你的补偿。”哇哦，有半年的工资呢，还不错。“周日正式离职，周五，也就是明天是你在本所的最后一个工作日。你可以把工作移交给同事，但有义务保守本所商业秘密，尤其不能向同事透露离职安排的条款。”补了这么些钱，聊堪安慰。这也说明自己恐怕的确是没捅娄子，否则所儿里未必这么慷慨。不过他最关心的还是确切的补偿金额。“如果我问财务经理遣散费的税后金额，不算泄密吧？”“可以，行政部门已经知道这事儿了。”

二、转折

从大老板的办公室出来的时候，沐国恩心里五味杂陈，只能安慰自己“钱没少给”，看财务经理午餐未归，就发了个邮件。心想明儿就得滚蛋，得带个手提包来把几本字典搬走，好在其他杂物无多。最耗时的是整理五年来电脑里积累的文档和邮件。既然老板让他闭嘴，那么银子到手之前，此事绝不能跟同事张扬。同事，马上就成前同事喽。窗外林立的高楼恰似凄凉的墓碑。别耽误工夫了，赶快联系猎头，谁叫我赶上这冷手抓热馒头的事儿啊！

|二、转折|

刚刚通过短信告知熟识的猎头自己下岗的噩耗，就收到了财务经理的回复。她以一如既往的严谨态度写道：头儿所说的遣散费在《劳动合同法》中其实称为离职补偿金。由于所儿里没能提前 30 天通知解聘，需要付给他一个月的工资，这笔钱要缴纳所得税；供职五年，获得的补偿为 5 个月工资，由于补偿金额超过本地上年职工平均工资 3 倍，超过的部分，要按照规定缴纳个人所得税；由于是年中解聘，他可以享受的带薪假期应按照今年在职期间占全年的比例折算，而沐国恩提前用完了全年的带薪假期，相当于额外休假三四天，这几天的休假要折算成已付工资，从离职补偿金中扣除。

这样算来，遣散费有二十万出头儿，相当于税后月薪与每月所得住房公积金之和的六倍多。还不坏嘛！要是能立马儿找到下家儿，就赚了。十年前也曾下岗，当时曾向外资律所求职，最大的困难是翻译法律文件的经验不足；这两年根据猎头的消息，自己跳槽的最大障碍倒成了“过于资深”，三四家律所暗示不需要经验这么丰富的应聘者，其实八成儿是嫌他的要价儿忒高。

那个猎头问：“怎么？格林瑟姆开始裁员了？”“不像，恐怕倒霉的就是我一个。”沐国恩最害怕的就是十年前那一幕重演。是祸躲不过。沐国恩清清楚楚地记得那天下午四点多他正在抓紧翻译一份儿三十多页的演示文件，被突然叫到雷曼兄弟北京董事总经理的办公室。他被告知该投行承揽的某移动通信设备制造商在港上市项目出师不利：该公司的主要拟上市资产是若干手机合资企业，而合资伙伴诺基亚、爱立信恰巧在此时增资，大大摊薄了该公司的股权，潜在投资者闻讯心灰意冷，交易肯定是做不成，裁员顺理成章。沐国恩在这家投行混了还不到两年，却已经目送了六七个初级和中级银行家离职。入职不久后看到的一幕就让他觉得雷曼非久留之地：两个少年得志的经理眉飞色舞地议论哪个同事应该被解雇，毫不在意他就近在咫尺。他当时感到一阵透心儿凉，心想不该只图雷曼的声望和薪水跳过来。被解雇时更加感到这家投行人情如纸，好在自己当时还算年轻，倒也释然。

离开雷曼 6 个月后，沐国恩才在一家英国律师事务所找到中意的工作，后来又跳槽到格林瑟姆。如果只看中国员工，外资所的律师与外资投行的银行家年龄相仿，背景也不乏相似之处，工作时间、劳动强度和收入也有可比性：国内名牌大学本科毕业后，要么工作两三年，要么直接去海外的一流儿法学院或是商学院镀金，回国后加入律所或投行成为初级律师或银行家。不过律师似乎要低调些，人情味儿多一些，没那么难伺候。沐国恩甚至想过在格林瑟姆干到退休，倒也不错。

郁闷和无奈中清理电脑里的文件，忽然想起一个专用名词：四〇五〇人员，指的是女性四十岁以上、男性五十岁以上的下岗职工。想不到自己刚满四十就加入了他们的行列！已经通过手机短信把即将下岗的消息告诉了狐朋狗友，大家唏嘘之余，未免有些兔死狐悲。沐国恩强打精神，化悲痛为力量，上招聘网查看有没有机会。反正明儿就得滚蛋，就算让上司看见他在找工作，他也不在乎了。设定了职位、行业、地域这些参数，搜索到的职位居然有五十多页。但细看就知道，雇主几乎都是不起眼儿的小公司，低薪的初级岗位铺天盖地。沐国恩心里明白：多年来，高薪职位的招聘很少经过网络招聘，常常委托猎头锁定候选人，有的甚至仅仅通过内部推荐。五年前他能进格林瑟姆，就是熟人引荐的。

突然间手机铃声大作，屏幕上显示的号码儿似曾相识。沐国恩接通了电话。对方说："我是诺桑伯兰律师事务所的张欣颜，您说话方便吗？"沐国恩顿时觉得心跳加速，几乎说不出话来："您……请稍等。"他立即锁上电脑，疾步走出办公室，来到走廊里的僻静处，低声道："您说吧。是不是……""对，我们决定要你了。抱歉让您等这么久。""哪里哪里，您太客气了。""我们北京的现任主管合伙人很快就要被派回香港。新来的一把手十月初就任，她觉得招聘翻译的事儿不能再拖了。”沐国恩心想：谢天谢地啊！“这边儿的薪酬完全符合您的预期。您要是同意的话，能不能过来签个文件？”沐国恩出了口气，克制住喜不自胜的心情：“当然方便，我现在过来行吗？好。”沐国恩匆匆走向货梯，兴奋得浑身发抖。乘货梯直下八层就是诺桑伯兰，而乘客梯则需要先到地下一层，再换乘另一部客梯。阴暗的货梯此刻在沐国恩看来明亮光洁。四个月前他就从猎头获悉诺桑伯兰打算在京招聘翻译。与格林瑟姆不同，诺桑伯兰在北京的代表处目前只有三五个人，主力都在香港。猎头知道他要价不低，但觉得诺桑伯兰在招聘方面出手大方，建议他不妨一试。猎头推荐后，对方很快在随后的周末安排了五个半小时的笔试，看来是挺当回事儿的。沐国恩的笔译成绩首屈一指，紧接着的两轮面试也颇为顺利。然而此事就此停顿，沐国恩虽然心有不甘，也只得作罢，以为对方预算有限，嫌自己要价太高。如今即将失业，居然有此意外之喜，实属侥幸。

已经来过诺桑伯兰北京代表处三次，跟前台接待和行政主管都混了个脸儿熟。张欣颜没跟他见外，告诉沐国恩招聘他的决定主要应归功于即将赴任的主管合伙人：已经揽了几笔生意，而香港的一位老翻译即将退休，再不招人恐怕人手不够。沐国恩一边儿识趣地感谢张欣颜安排笔试面试，一边审阅聘书条款。税前年薪比格林瑟姆多了十万，好！不过每天的上班时间不是朝九晚六，而是上午十点到晚上七点。张欣颜解释说这是为了满足律师加班的要求。再有就是周六上午要上班儿待命，作为补偿，周四上午可以倒休。与格林瑟姆一样，没有加班儿费。张欣颜说："我记得你说过你们所儿规定离职前要提前两个月通知合伙人，对不对？今儿是周四，8 月 11 日，你在十一长假之后入职没问题吧？"

沐国恩心道："其实下周一上班儿都没问题。"但表面上不动声色地说：“应该没问题，我回去就发电邮告诉领导要弃暗投明了。”此刻自然不能把即将被解雇的消息告诉她，否则诺桑伯兰一旦获悉他已经失业，说不定会降低聘用他的薪酬呢。他有些后悔已经把即将下岗的消息告诉了那个猎头，就是她将沐国恩推荐给诺桑伯兰的。

张欣颜被他逗笑了：“弃暗投明？”“是啊！”他意识到此刻喜形于色未免令人觉得浅薄，于是续道：“你们办公室装修得更漂亮，我喜欢这种亮丽的暖调儿。”说着他在聘书上签了字。“这聘书就算生效了？”张答：“当然。”随手给他一个备份：“这份儿归你，别忘了 10 月 8 日来上班儿。”“忘不了！”沐国恩把聘书备份装进黄色档案袋，档案袋上干干净净，一个字儿都没有。

离开诺桑伯兰的办事处，沐国恩乘电梯到一层，走出办公楼，来到酒店旁边的花园里。看四下无人，便拨通了猎头的电话：“恭喜啊！诺桑伯兰的佣金跑不了啦！”“真的？！”沐国恩简要介绍了签约经过，与猎头共同感叹造化弄人。“我这边儿离职的消息千万要保密。否则一旦诺桑伯兰变卦，你的佣金也会缩水。”猎头依照应聘者的年薪按比例收取佣金，当然答应守口如瓶。猎头还不放心：“张欣颜跟你们单位的人熟不熟啊？要是她有熟人的话，很快就会知道你离职的事儿啊。”沐国恩想了想，答道：“跟她接触过几次，觉得她跟我们单位的人，尤其是跟行政部门的人好像没有来往。翻译不比律师或者合伙人，离职不至于那么引人注目。两个月一转眼就过去，何况聘书已经签署生效了。”“你为什么不跟她商量提前入职呢？”“不妥。聘书是他们主管合伙人和行政部门共同签发的，细微改动都需要重新审批，夜长梦多啊！再说张欣颜知道从格林瑟姆离职要提前俩月通知，我要求提前入职难保不会露馅儿。”猎头承认沐国恩说得有理，又提醒道：“离职的事儿跟亲朋好友都说了吧？他们有没有在律所里任职的？”沐国恩明白了她的意思：“没有，都不在这个圈子里，不过我会告诉他们别声张。”

跟猎头谈妥后，沐国恩又向朋友们发了一通“转危为安”的短信，约定明晚去南新仓的大董烤鸭店聚餐，庆贺他化险为夷。然后他才不慌不忙地回到办公室。

三、邂逅

回到办公室已经快六点了。沐国恩从不早退，甚至很少准点下班儿。这倒不是出于敬业，而是希望避开高峰时的拥挤。不过今天短短几个钟头就经历了人生的大起大落。悲喜交加之余，他实在无意在办公室上网逗留。快下班儿时某位律师突然发来了一份儿两页的备忘录让他翻译。若在往日他自然会痛快答应，但今天他的工作热情早已化为乌有，此刻加班儿对于他的去留已经毫无意义，加上跟这个律师没什么私交，便借口身体不适，匆匆离去。

三、邂逅

地铁站人潮涌动，一如既往，然而沐国恩却备感孤独。他是那个时代罕见的独生子，父母已在多年前先后过世。他恋爱多次，失恋多次，至今光棍儿一条。早些年尚可跟发小儿们寻欢作乐打发时光，如今他们已经拖家带口，为人夫为人父，不可能召之即来。好在老光棍儿可以自得其乐。今儿惊心动魄，算是置之死地而后生，值得好好儿庆祝一番。

让过三班地铁，他打算行动了。等又一趟地铁徐徐进站之际，就开始向前靠近。车门乍开，一股热乎乎的气浪掺杂着肉味儿和汗味儿扑面袭来，下车的乘客组成的人浪随之而至。沐国恩咬着牙随大溜儿挤进车门。到家后先洗了个热水澡，突然觉得疲惫不堪，眯了一会儿。

醒来时已经是七点半了。又把胡子刮了一遍，换上背心儿短裤儿，开车出门儿。他开的是迷你库珀涡轮增压的敞篷儿版，仅仅用于休闲娱乐。原本对于汽车并无太大兴趣，两年前看到有人在府右街开着辆绿色的标致 207cc 带个妞儿敞篷儿兜风，忽然觉得眼前一亮，如醍醐灌顶，觉得开敞篷儿车实在拉风，值得拥有。于是用 2006、2007 年股疯中赚的钱给自己买了这么个玩具，还特意让厂家把车身漆成与软顶儿相近的巧克力色。在北京，敞篷车并不多见，真正敞篷儿行驶得更少，即便是在风和日丽的日子。每当行人和其他司机不无羡慕地看他兜风时，沐国恩就备感满足。

那轮疯牛市，真令人唏嘘不已：在最狂热的日子里，每月的投资收益比工资还高，真是做梦都不敢想象的幸福，肯定是他有生以来最接近于教科书所宣传的“共产主义”的日子。一时间，全国人民都似乎梦里不知身是客，一晌贪欢，怎料转眼间就成了流水落花春去也。唯一值得庆幸的是他没有听信什么反弹破万点的鬼话，2008 年初就变现退场了。

三、邂逅

眼下他依然沉浸在绝处逢生的喜悦之中，懒得回忆那段经历。入夜的京城虽然拥堵，习习凉风依然惬意。去哪儿呢，朝阳公园西北角儿的蓝色港湾？2008年开张时不失为清静的去处，如今已经成了热门儿商区。三年来，停车收费从无到有，甚至餐饮区附近的步行街都成了停车场。而且港湾似乎主要面向拖家带口儿的购物者，年轻貌美的姑娘似乎并不多见。而相隔不远的三里屯儿则追求新锐时尚风格，吸引了国内外佳丽，美女密度堪称京城之冠。年初的一天深夜，他甚至在星巴克搭识了一位模样儿可人的小演员兼模特儿。最近她远在广东拍戏，归期不定。不过他已经决定再去三里屯儿碰碰运气。

这个太古地产赶在2008年奥运会之前启用的商区如今风头之劲，在京城恐怕无出其右。爱赶时髦儿的小青年儿好像轻易就接受了“三里屯Village”这个洋泾浜式的称呼。其实“屯”跟“Village”意思重复，在沐国恩看来纯属蛇足。三里屯儿对于他来说远远不只是今天流光溢彩的商场、影院和餐馆儿，而是货真价实的故乡：在这里他度过了人生最初的十六年。忆往昔，在这片距离东直门仅仅三公里的地方，酒吧踪迹绝无，屈指可数的商店淹没在沉闷的苏式公寓以及简陋的筒子楼之中。马路上常见驴车马车，农田近在咫尺，野趣天成。

那时候，三里屯儿最抢眼的地段儿是自60年代兴建的第二使馆区或称北使馆区（第一使馆区位于偏南的日坛、芳草地、永安里一带）。北使馆区与居民区由三里屯路和东直门外大街隔开。在沐国恩看来，穿过马路无异于到了另一个世界：道路整洁、楼宇漂亮、绿草如茵，还有圆乎乎的大众甲壳虫、见棱见角儿的丰田皇冠和沃尔沃，流线型的雪铁龙。使馆区静谧安详的林荫道是附近居民纳凉散步的首选，孩子们则喜欢在馆舍周围捉知了、逮蛐蛐儿。这种平静直到90年代中期才被纷纷涌现的嘈杂酒吧打破。

|三、邂逅|

大学毕业前，沐国恩给可口可乐装瓶儿厂翻译了点儿东西，挣了四百块钱。咬牙花了一百元买了亮马广场硬摇滚酒吧的门票，进去没多会儿就被震耳欲聋的音乐搞得兴致全无。一朝被蛇咬，十年怕井绳，此后再也不去喧闹的酒吧了。1997 年三里屯儿正式立起个“酒吧街”的路标，他嗤之以鼻：“收回了香港，割让了三里屯儿！”酒吧兴起后，整个三里屯儿乃至亮马桥儿一带，热情妖冶的女子日增，神头鬼脑的皮条客出没，引发警方多次扫荡。不到十年，三里屯儿路西的酒吧据说是“应群众要求”纷纷拆迁，沐国恩不免幸灾乐祸。酒吧拆完了，许多住宅楼也逐渐消失。现在看来，所谓“群众”，似乎就是太古地产吧。

在三里屯儿商业区的官方网站上不无得意地宣称：“19 座独立的建筑，采用了大胆的动态用色和不规则的立体线条，开放的空间加上点缀其中的花园、庭院……营造出一种引人入胜的全新格局”，且“设计灵感来自老北京的‘胡同’与‘四合院’，并融入时尚元素。”沐国恩没有在四合院儿生活的经历，对这种被某些人推崇备至的民居也兴味索然。在他看来三里屯儿商业区在建筑上的可取之处恰恰是空间开阔，采光通透，商铺高低不同，纵横交错，避免了传统四合院儿的封闭、呆板和单调。

夜间的三里屯儿炙手可热，恨不得离着两里地就开始堵车。沐国恩从商场地下车库出来，穿过熙熙攘攘的人流，路过苹果公司颇为招摇的旗舰店，登上星巴克露天就餐区旁的滚梯，沿着走廊信步走进新元素餐厅。虽说饭点儿已过，饭馆儿里依然顾客云集。他找到个角落坐下，点了所谓希腊烤羊肉卷儿、川味儿香辣牛肉饭和意大利腌肉通心粉，饮料是奎宁水儿加冰块儿。“就您一位？”服务员问道。他笑了：“没问题，都吃得了。”他兴高采烈，吃嘛嘛香，大快朵颐，看谁都顺眼。

吃干喝净，沟满壕平。他走出餐馆儿，乘滚梯直达美嘉欢乐影城，觉得当日的影片乏善可陈。电影院外面是大大小小的商铺，购物者三三两两，大多是年轻人。沐国恩渐渐对周围的喧嚣和热闹感到腻味和格格不入，于是快步走出略显拥挤的南部商区，却来到一条更为拥挤的狭窄街道。他本该最熟悉这条小街，却从来不知道它的名称。小时候常随父母到这条街上买菜，或者奉父母之命去街边副食店打酱油、买猪肉。有一次购物时他只顾看售货员使用漏斗儿和提子卖酱油，操纵售油器的手柄压出金灿灿的花生油。回家后才发现丢了五毛钱，老爷子气得立马儿打他屁股。毕竟猪肉才七毛多一斤，而他爸当时的月薪不过五十六块钱。

副食店历经风雨，不曾拆迁，已经成了超市，不过当年散装酱油、醋的味道似乎依然如故。相比之下，左近的面包房不知何时消失了，而另一条巷子里的粮店则改作他用。沐国恩没有停留，继续向北，躲开一连串儿的摊贩、店铺和密集的人群。

一个小男孩儿，看上去像是某家店主的公子，兴奋而迷惑地环视周围的灯红酒绿，然后羞怯地蹲在路旁默默小便。像他这么大的时候，沐国恩有一次在这条街上跟妈妈走散了。失去了母亲的庇护，他孤零零地徘徊，如同走失的羔羊一样无助、软弱、迷惑和恐惧。当他终于找到妈妈时，满腔的委屈瞬间爆发。他一下子扑到她怀里，撕心裂肺地放声痛哭，仿佛经历了漫长的离散。妈妈面对行人的目光未免难堪，满怀歉意地把他紧紧揽在怀中。

路过一家窗明几净的比萨店时，见几个黑人小伙子聚在路边儿兴奋地用法语侃大山，宛如置身巴黎街头。他不禁自嘲：什么巴黎啊？明明是自己打小常来常往的地盘儿嘛！比萨店所在的那块地儿原本是个露天菜市场。回望夜色中的繁华景象，三十多年前的场面清清楚楚，历历在目：父亲下班后，骑自行车儿到幼儿园接他回家，顺便在这里买些蔬菜。他无论坐在横梁上还是后架上，都觉得屁股硌得慌。昏黄的白炽灯泡儿，黯淡得就像惺忪的睡眼。灯下的人们在水泥预制板搭成的柜台上想方设法挑出些勉强算是水灵的黄瓜、茄子，忍受着售货员不耐烦的数落：“甭挑啦！不许挑！”

再向前行就到了北面的商区。与热闹的南区相比，北区更为开阔、奢华、雅致，如同新潮儿雕塑或油画儿，简洁、洗练、流畅、明快，各个楼宇浑然一体。全家曾经赖以栖身的简易楼，早被拆除，由亮丽的专卖店取而代之，瑞士、法国、意大利的高端品牌云集，珠光宝气，令沐国恩自卑得顿感软囊羞涩。沿着滚梯拾级而上，看看门可罗雀的高档店铺，当年与父母蜗居斗室、同邻居共用厨卫的经历，仿佛是百年前的往事了。于是回到庭院里，坐在波浪状的矮凳上，感叹沧桑巨变。

夜色渐深，结伴而来的游客和情侣却并不见少，占据了院子里其余的矮凳，不时谈笑。沐国恩这边却冷清得多：他与一位白衣女士背对着，分别坐在凳子的两端。坐了一会儿，觉得闷了，正打算起身离开，忽听身旁有人啜泣。他向凳子那端望了望，走到那位女士对面儿。她低着头，黑色长发遮住了面孔，手里摆弄着粉色挎包的背带，咖啡色短裤儿里伸出的长腿如同剥了皮儿的香蕉，交叉着，穿双廉价的斗牛士凉鞋。沐国恩忍不住多看了两眼，用目光抚摸她裸露的肌肤，直到她的肩膀再次剧烈抽动。见她依然埋着头，沐国恩本想问候一下，但还是克制住了，掏出一包儿纸巾，撕开封口儿递给她。

女孩儿立即停止哭泣，抬起头来，娃娃脸上依然梨花带雨。“芥末吃多了，还是洋葱切猛了？”“没有……”女孩儿忙着擦眼泪。“那……进京上访挨揍了？不会是家里被强拆了吧？”沐国恩一时想不出更悲惨的理由了。女孩儿哭丧着脸摇摇头，把纸巾还向他：“谢谢。我没事儿。”人们嘴上说没事儿的时候往往有事儿，甚至是出了大事儿。沐国恩对此当然明戏：“您留着用吧。”转身走开，觉得这个胖丫头相当可爱。

几分钟后当沐国恩从附近的星巴克端出两大杯冰焦糖玛奇朵咖啡回来的时候，看见她手边已经放了好几个纸团儿。面对送上的饮料，她没有马上接受，眼神里充斥着戒备和不信任。沐国恩喝下一大口：“瞧，没投毒，没下药儿，也不搁芥末和洋葱。”趁着她破涕为笑，他顺势把杯子放在她手里。

“莫非是丈夫或者男朋友把你甩了？”沐国恩煞有介事地品着咖啡，在她身旁坐下。“不能够啊！您这样的大美女只可能甩别人，不可能被人甩啊！”他对咖啡完全外行，点这种咖啡完全是因为喜欢甜里吧唧的味道。

“您，就甭拿我开涮了。”她小口啜着，好像在喝热咖啡似的，似乎又要流泪了。“生逢皇皇盛世，朗朗乾坤，连喝苦咖啡都觉着比蜜还甜，还能有啥伤心事儿啊？要不就是钱包儿丢了，没钱买萨琪玛驴打滚儿？”

姑娘佯嗔地瞪着他：“我像爱吃甜食的吗？就连焦糖玛奇朵平时也不喝！钱包儿我从没丢过好不好？”“那丢啥啦？”沐国恩放下了咖啡。

沐国恩等着冰咖啡浇开她胸中垒块，一边儿从侧面欣赏她胸前的块垒。女孩儿再次低头，沉默良久才吐出俩字儿：“手机”。“肯定是苹果的‘爱疯’了？”沐国恩脱口而出，当下似乎没有比这玩意儿更能俘获少男少女的心，成为不可或缺的身份标志，如同曾经风靡一时的像章、蛤蟆镜、喇叭裤和寻呼机一样。

“是我朋友前天刚送的。”她满腔幽怨地说出来，像吐血一样难受。显然这对她来说是一份具有特殊含义的厚礼。沐国恩知道，在这种情况下，“朋友”自然不是一般意义上的朋友，而是“男朋友”的简称。看来这手机其实算是个定情信物啊。

“想开点儿，啊，只丢了个苹果，既不是那个什么 Vertu，也不是钻戒项链啥的。怎么丢的，偷走的？”

“在地下通道被人抢了。”“哇欧，怎么会？”原来就在几个钟头前，她下班儿后穿过地下通道，正美滋滋儿地用‘爱疯’听音乐的时候，耳边一下子消停了，只见仨大小伙子一溜烟儿从身边跑过，白色的耳机线还在眼前晃荡。当她反应过来，打劫者已无影无踪。

沐国恩叹了口气：“真倒霉。第一次被抢？”姑娘点点头：“我当时都吓傻了。”“完全理解，一个小姑娘，被惊讶、愤怒和恐惧所裹挟，又寡不敌众，不知所措。”“是啊……你怎么知道？”“我也被抢过。2007 年 7 月在巴塞罗那地铁里被四条汉子抢了。”沐国恩此刻再次感到那种面对邪恶的无助、屈辱和窝囊。

“十二三年前吧，在公交车上还被人偷了个新买的相机，当时刚从九寨沟回来，满脑子都是那儿的流泉飞瀑。另外呢，还丢过三辆自行车儿。瞧，倒霉的不止你一个吧。回头跟警察说说，兴许过两天还能找回来呢。”女孩儿白了他一眼。他也自嘲地讪笑了：这片儿汤话说得的确没劲。“哭鼻子也没用，要不回头再买一个？或者买个便宜的？为个手机就伤心欲绝，要是丢了工作还不得自杀啊？”

“你……饱汉子不知饿汉子饥！”她愤愤然扭过头去。沐国恩掏出三年前买的廉价手机，冲她晃晃：“这也算饱汉子吗？”女孩儿瞥了一眼，悠悠地说：“我知道你是想劝我。可是那个‘爱疯’是我朋友省吃俭用攒钱给我买的，才用了两天，我怎么跟他说啊？”

三、邂逅

伤财伤心又伤爱人，还真不好办。沐国恩抗拒着内心涌起的恻隐之情，站起身面对着她："那你就打算这么一直坐下去？"这一问把她的眼泪又逼出来了，女孩无语凝噎，魂不守舍，神色迷离。沐国恩一时竟不能将目光从她的乳沟移开，也无法把持胸中澎湃的激情，于是看了眼手机，说："走吧，麻利儿的，还有20分钟他们就下班儿啦。"

"去哪儿？""去苹果专卖店买'爱疯'啊！"他把凳子上的杯子和纸团儿都丢进垃圾桶，"还愣着干吗，想把板凳儿坐穿？""你……为什么给我买手机啊？"女孩儿又开始戒备和狐疑。"我学雷锋还不成，送给美女金苹果，希腊神话里就是这么说的。"拉住她的手疾步而去。姑娘嘴里嘟囔着似乎在抗议，却并没有挣脱。

走到苹果店门口儿，她又停下了脚步："咱俩素不相识，凭什么让你花钱啊？”“怎么说呢？今儿中了彩票儿，就算回报社会吧！”“那……为啥帮我呢？”沐国恩不耐烦了：“得，那不帮您，不如捐给慈善机构或孝敬郭美美？！”这句话掷地有声，噎得女孩儿哑口无言。他一把将她拉进店里。此刻距离关门儿仅剩几分钟了，仍然颇有些顾客兴致不减，津津有味儿地摆弄着陈列在几张长桌上闪闪发亮的大大小小的手机、播放器和电脑。沐国恩询问略带倦容的店员：“有‘爱疯四’吗？”不待对方答话，女孩儿插话道：“我要跟原来配置一样的！”

沐国恩听她这么一说，以为被盗的手机肯定是高配版。然而她要的却是配置最低的 8G 版。沐国恩心头一动：“莫非想给我省钱啊？”“我们这 8G 的手机早就脱销了。”店员偷眼看看手表。女孩儿失望地撅嘴：“啊？”“那就要 16G 的，”沐国恩的语气平和而坚定，“16G 卖光了就要 32G 的。”店员看了他一眼，从柜台后面拿了几个纸盒儿出来。“这是 16G‘爱疯四’手机和备用电池盒，彩壳儿您要什么色的？”

沐国恩对店员的态度本就反感，闻听此言终于绷不住了：“非得买手机套儿不可吗？”“呃……现在都这么卖。”沐国恩看着售货员一副“爱买不买”的劲儿，似乎回到了二三十年前的国营商店。他感觉到了女孩儿的尴尬，知道眼下不是矫情的时候，于是立即抽出了信用卡。女孩儿感激地望着他，然后挑了个白色的手机套儿。店员麻利地刷卡交易，把东西放入纸袋，递给女孩儿。女孩儿看了看沐国恩，却没有接。店员只得交给他。

二人走出店门时，店员们已经准备关门了。沐国恩把纸袋塞到她手里，说：“攥住喽，别再让小偷得手。”姑娘尽量端出娇羞矜持的闺秀范儿，眼里却洋溢着如释重负的喜悦和庆幸：“谢谢谢！让您这么破费，真不好意思。怎么称呼您啊？”沐国恩想起了那个荤段子：“叫我雷锋好啦！”见她面露不悦之色，便改口道：“告诉我你的手机号儿，回头给你发个短信就知道了。

你住哪儿？送你回家吧！”其实他钱包儿里还有名片儿，不过既然离职在即，就不打算以此示人了。何况在手机普及的今天，跟女孩儿套瓷交换名片反而显得生分。

“送就不用了吧，我就住附近。”两人走到三里屯儿路边儿的时候，正赶上夜间的高峰时段：购物者从商场纷纷涌出，试图拦下经过的每辆出租车，同时不少人相向而行，直趋各处酒吧。车辆在拥堵中寸步难行。诸多小贩也趁夜深之际开始扎堆儿兜售各色什物。或许是想起了被抢的遭遇，女孩儿紧跟在沐国恩身后。沐国恩强忍扑面袭来的臭豆腐味儿，护送她横穿马路，绕过一个方形的花园儿，走进对开的铁门，来到老旧的住宅区。“就住这儿啊？”“怎么？”“有个发小儿以前也住这儿，我小时候常来。外交部职工宿舍，没错儿，以前那边儿还立着个大烟囱呢。”与烟囱大概同时消失的是楼宇间的乒乓球台子和一去不返的少年时光。甬道旁的空地上几乎停满了轿车，紧挨着环绕草坪花圃的篱笆。

三、邂逅

大朵的牵牛花攀缘在篱笆上，像梦中的铃铛，跟儿时并无不同。

“您留步吧。谢谢您。”“不客气。怎么称呼您呢？”“……柳筱绯。”她抱着纸袋转身离去，觉得今晚手机的失而复得，实在出乎意料又令她兴奋不已。千错万错都怪自己太大意了，当初为什么把手机放在包儿里而不是牢牢攥在手里？他为什么要帮自己？回家怎么跟璋骏解释？丢了他送的手机，又接受了这个胖叔叔的礼物，他非得跟我急不可！要不把手机还给他算了？回头一看，胖子还没走远。这个胖叔叔心眼儿真不错，不但救了急也没有纠缠自己。这么贵重的礼物，又是个陌生人送的，自己怎么那么痛快就收下了？哎，强装淑女，忸怩作态，她从来都不擅长。他打量自己时有点儿色迷迷的，莫非在打自己的主意？想到这里，一丝得意与不安同时掠过心头。追求过她的男性不少，向她献殷勤的更多，不过第一次“套瓷”就出手这么大方的倒还不曾有过。他是不是特别有钱？看他穿着很普通，手机和钱包儿都很烂啊。不过掏钱刷卡的利落劲儿和不在乎却不像是装出来的。他厌恶的是搭售行为，而不抱怨价格昂贵。几天前高璋骏给她买手机时她就在旁边，璋骏付款时的痛快劲儿明显是装出来的，她当然绝不会怪他：他去年加薪后每月才八千出头儿，扣了三险一金就更少，而她的收入还不到他的一半儿。她喜欢“爱疯”，固然是因为手机时尚漂亮，功能新潮，同龄人的压力也不能低估：姐妹们都有了，还似乎故意在她面前显摆，自己没有，的确有点儿跌份儿。这才厚着脸皮跟璋骏“商量”。而这位大叔，初次见面就送六千多块的手机，而且脸不变色心不跳，不像是心血来潮过把瘾，更像是习以为常的购物行为。莫非他一高兴就给女孩买个大礼包？

在猜测和琢磨之中，她沿着甬道来到楼下，闪身进入总是关不上的密码锁防盗门。尽管院子里有收费低廉的自行车棚，邻居们总是愿意把自行车停在楼道里，真碍事儿。跺了跺地板，声控灯应声亮了。他俩都不是本地人，在北京的大学校园里相识，五个月后成为情侣，但直到今年春节后才住到一起，计划两三年内结婚。双方家长早已认可他们的关系，住在一起既方便又省钱，何况婚前同居早已成为新民俗，自然不便多说什么。柳筱绯固然享受准新婚的浪漫温馨，却也不免为收入有限、住处寒酸烦闷，甚至担心拮据的生活将来能否改观。这些高璋骏看在眼里，只恨自己没本事跻身跨国公司高管之列，父母更不能帮他混入日进斗金的大型央企。所以当筱绯貌似无意间提及她的朋友们夸奖“爱疯”时，就心领神会地提出送她一个。“爱疯”在手，筱绯心满意足，喜不自胜，床上也格外温柔妩媚，性趣盎然。对于升级的鱼水之欢，高璋骏极为受用，不过夜深人静之际不免想象：万一今后不能满足她的物欲，他们还会这么恩爱吗？

筱绯刚一敲门，门就被高璋骏一把拉开：“去哪儿了你？电话也关机了？你那些姐们儿的电话我都打爆了也跟你联系不上，差点儿就报警了！！”“手机丢了……”“啊！！怎么丢的？”“进屋说吧。”

四、相聚

告别柳筱绯，沐国恩志得意满地开车回家。猎猎清风，耿耿灯火，好不自在。姑娘的遭遇唤起了他四年前在异国他乡的黑色瞬间，至今历历在目。他刚从巴伦西亚回到巴塞罗那，下了火车，驮着背囊挎着相机包儿上地铁时，走在前面的乘客似乎故意放慢脚步等他似的。关门时他感到格外的拥挤：“不对啊！这又不是北京。”下意识地一摸摄影马甲左胸前的翻盖儿口袋，空了！一抬头，眼前的男子一脸若无其事，却难掩一丝狡黠。他顿时怒从心头起：就在这帮人与他挤成一团的片刻，有人轻而易举地解开翻盖儿上的铜纽扣儿，偷走了钱包儿！“把钱包儿还给我！”他用英语大吼一声，其实色厉内荏：以一敌四，完全处于下风，何况不可能指望什么警察或侠客挺身而出见义勇为。对面的乘客装出无辜的表情，似乎莫名其妙地从地上捡起他的钱包儿。他接过来一看，信用卡和签购单还在，但七十欧元和一百多人民币的现金却无影无踪了。“还我现金！”他不依不饶。对面的男子用他听不懂的语言抢白了两句，便不再理他。他不知所措。

车厢里安静下来，旁人不声不响，纷纷避开他们。经过似乎漫长的对峙，列车进站，窃贼先后下车。沐国恩略一犹豫，没敢追出去。车门关上，列车启动后，终于有位热心人站出来，说愿意陪他报警。当警察请他描述嫌疑人的体貌特征时，他语塞了：那几个白人在他看起来相貌都差不多。报案后他才注意到相机包儿的拉链儿已被拉开：肯定是小偷儿干的！他吓出一身冷汗，幸好仨宝贝都安然无恙！估计是因为每个相机体量都不小，沐国恩又及时发觉，蟊贼没能得手。这或许值得庆幸，但他却难以从后怕中自拔：三个都是中画幅的胶片机，最便宜的富士 GA645Zi 就值七千多块，宽幅的富士 TX-2 和禄莱双反 4.0FW 更是他的心头肉，足以令其他摄友儿眼红。惴惴不安之中离开地铁派出所，孑然入住酒店，独坐两个钟头后才振作起来，挎上相机到凯旋门和城堡公园儿散心去了。

今夜面对楚楚可怜而又颇有姿色的小姑娘掏钱相助，给了他莫大的成就感，似乎慰藉了自己当年的沮丧和无奈。1998 抗洪期间，他掏出一千多块，完成了他平生第一次捐款，当时他月薪还不到七千块。当时买车买房想都不敢想，全家的目标是供他去美国读个硕士。那是沐国恩第一次体会到捐钱比挣钱更令他满足。由于父母的单位已经组织捐过，妈妈看他又要捐钱，未免舍不得。老爷子跟母亲一样节俭，向来不打车，恨不得一分钱掰成两半儿花，这一次却为他撑腰，在饭桌儿上淡然说了句：“应该的。”

| 四、相聚 |

母亲私下告诉他：年轻时追她的时候，老爷子可大方啦：约会不是选在和平门的全聚德，就是展览馆的老莫儿。由此令他对父亲刮目相看：这个干瘪消瘦、好为人师的乏味老头儿，当年会是何等风华正茂的多情青年呢？

不久后申请签证儿被拒，使他的人生规划彻底扭转。当时永安里美国使馆大门外，申请者把街面儿堵个水泄不通，住在附近的老太太把马扎儿租给等候面试的人们，每天的收入都相当可观。尽管被拒签并不舒服，然而这却提醒他异国求学的投资风险：自己才智平平，即便获得签证也只能去美帝二流院校，跟从顶尖学府毕业的留学生相比，求职丝毫不占优势。由此渐渐打消了出国接受再教育的念头，踏踏实实地在北京混。买房装修之后，刚性开支少多了，收入却逐年增加，不但有闲钱出境旅游，买点儿称心如意的藏品，也有余力热心公益，无论是雪灾还是震灾，都没少为红十字捐款，直到郭美美一鸣惊人才如梦方醒。与其把钱捐给他们，还不如为小姑娘排忧解难：向美女献殷勤虽说算不上慈善行动，却无疑堪称侠肝义胆的骑士风范。

获悉沐国恩被悍然解雇前，窦志强觉得自己才是世界上最可怜的倒霉蛋儿。辞职后开公司一年来，事事不顺：公司虽然不大，人吃马嚼费用却也相当可观，而收入远低于预期，一年贴出去四十万元，预计实现盈亏平衡，恐怕还得两年。办公室设在建外搜猴儿现代城，原本租得好好的，孰料一年期满后，业主一下子把租金涨了百分之四十七！无奈只得将办公室迁往自己在2006年买下的第一套房子。这套两居室公寓距离地铁四惠站不远，交通方便，但在住宅里办公毕竟不尽如人意，对员工士气也是个打击。

公司搬家的事儿刚忙完，自己在河北香水河买的联排房又出了问题。2008年年底，沐国恩注意到香水河天鹅宫的广告，跟他提了一嘴。说者无心，听者有意。在郊外买别墅是他多年的梦想。无奈北京别墅昂贵，令他不敢做此奢望；而天鹅宫的联排房当时每平方米才六千出头，不由他不动心。几天后就带媳妇儿实地考察，2009年春节前买下了现成的三层联排房。尽管父母和兄长都不看好，但他仗着当时积蓄丰厚，在装修和家具上又砸下上百万。在不出现严重拥堵的情况下，从北京市中心只需一小时就可抵达被设计师称为“地中海风格”的宅邸。就连哥儿几个里头最为附庸风雅的沐国恩，看了客厅的拱门之后，也不得不承认那的确是西班牙穆德哈尔式风格。此后只要周末有空，两口子就兴致勃勃地开着黑色奔驰来到新居。他要么在顶层的阳台上看书小憩，要么在自家庭院里浇花儿种菜修剪草皮，或者在遮阳伞下悠闲地抽根儿雪茄，或者帮妻子打扫房间，做菜煲汤。妻子比自己小十二岁，婚后就成了全职主妇，把他伺候得无微不至。与前妻相比，她更年轻、更漂亮，也更爱他。此后每逢长假，他都把亲友请到香水河小住，倍儿有面儿。父母、兄嫂乃至狐朋狗友，谁不夸窦家二少爷有出息呢？媳妇儿也毫不掩饰地跟密友感叹嫁对了人。

人前风光的代价只有自己清楚。买房的种种开支使他的积蓄大为缩水，更让他头疼的是房屋质量和管理问题。停水断电时有发生，最令人匪夷所思的是盖房时，自来水管线居然跟天然气管道串在了一起，直到今天燃气管道仍有问题，不时需要停气排水。住户大都来自北京，往往只在天鹅宫过节假日，加上保安疏于防范，入室盗窃在所难免。窦府也未曾幸免，好在房里没什么细软，家具电器虽然考究却不便搬运，窦志强夫妇仔细清点后，发现仅仅少了两瓶儿葡萄酒。经查梁上君子是从邻居家翻墙而过登上顶层阳台的。花了四万块钱封闭阳台后，两口子才算稍稍放心。

这些烦恼自然不便更不必向年事已高的父母禀报。哥嫂都在清水衙门供职，收入有限，还要养活已经上中学的侄子，在为父母尽孝上自己当然要更为尽心才对。四年来每到冬夏，他都要送父母去三亚疗养。上周妻子刚刚抱怨本月招行信用卡还款额已经高达三万元，而眼前又冒出一笔巨额开销。原来在 2009 年春房价探底时他在东四环又买了一套三居室期房。这套房精装修，面积大，档次高，去年年底竣工，当前价格已经比买入价翻番，本该高兴才是。谁知开发商见钱眼开，地下车位只售不租。面对这么不合理的规定，窦志强原以为众多业主定会同仇敌忾，集体维权。不料开发商使出“饥饿营销”的招数，仅出售少量车位。业主们见此情景，纷纷抢购，维权联盟转瞬间土崩瓦解，灰飞烟灭。窦志强两口子一人一辆车，一时间实在没钱买下两个车位。权衡再三，窦志强今早只好为旧速腾租用一个地面车位，再忍痛抛售些股票，给奔驰买个地下车位。

窦志强开公司之前，曾在跨国媒体集团舰队街任职九年，从销售代表干起，先后升任经理、高级经理、总监乃至分公司的一把手，生意越做越大。就在他觉得再干一两年就有望成为总公司副总裁的时候，东家却被竞争对手收购了。一朝天子一朝臣。天下没有不散的筵席，他深知到了卷铺盖的时候了。好在与沐国恩不同，他作为公司管理层的一员，半年前就听到了收购的风声，对于谈判的进展也算了如指掌，能够提前安排退路。当然他并非没有考虑过猎头推荐的机会。但与他面谈的单位，不是在薪酬方面抠抠缩缩，就是在权限上约束太多。而他早已习惯独当一面，于是下定决心自立门户，不待正式离职就带领几个老部下另起炉灶，雄心勃勃地打算大干一场。

自立门户一年来，他的日子过得相当清闲，出差少多了，加班儿根本谈不上，业务清淡，收入菲薄，开支却不见少。眼下他不得不自己掏腰包儿安排昂贵的饭局，拉客户，找投资，自己的小日子却只能粗茶淡饭地应付，时不常开着奔驰逛菜市场。离下班尚早，他百无聊赖地看了看日程安排，开始期待明天跟哥们儿的聚餐。这么些年来，京城的高档餐馆儿他几乎去遍了，但若是商务宴请，与生意场上的朋友推杯换盏，钱决不能少花，却总是食不甘味。沐国恩这小子这回运气的确太好，痛宰丫一顿实不为过。突然电话铃儿响起来，窦志强连忙接听：原来是老潘杀到了北京！这孙子怎么也不提前打个招呼啊？

次日不到7点，沐国恩已经到了大董烤鸭店门口儿，一脸轻松。今天上班儿无非是收拾东西，清理邮件和文档，签署解聘文件。最关键的问题自然还是钱：财务经理告诉他遣散费会在一周之内到账。既然领导让他静悄悄地滚蛋，他也无意发什么多愁善感、缠绵悱恻的告别函，反正最晚到下周一，他的离职就会尽人皆知，所谓好事不出门，恶事传千里嘛。刚到下班时间他就交还了门卡和黑莓，匆匆离去，对于这个曾经战斗过五年的地方，实在懒得再看一眼。且尽情享受从天而降的暑假吧！

领位员把他带进包间儿，只见一个瘦高个儿笑吟吟地冲他喷出个大烟圈儿，道：“呦嗬，你们所儿炒了胖翻译，真是为民除害啊！”原来郁风雷到得比他还早。沐国恩也不禁笑道：“孙子，今儿吃我的喝我的，还他妈挖苦我啊！下岗职工也是你的阶级弟兄，你丫有点儿同情心好不好？”“同情个屁！你小子平时总白吃我的西瓜，我拍手称快还来不及呢！”沐国恩知道郁风雷把自己比作电影儿《小兵张嘎》里的日军翻译官，续道：“吃你几个烂西瓜算什么，今儿在大董吃烤鸭我都不问价儿！欸，豆包儿咋还没来？”

郁风雷掐灭了烟卷儿，说：“甭拿豆包儿不当干粮，窦家二少爷正忙着接客儿的吧！你丫刚被美国所儿炒掉，却不思悔改，立马儿卖身投靠英国所儿，真是铁了心当汉奸啊！”郁风雷一直在国企当差，总愿意拿他在外资所的经历开涮。沐国恩给他又点了支烟，说：“豆包儿这样的海龟才是铁杆儿汉奸大大的。您还不知道我，大忠似奸，其实是潜伏在洋人内部的卧底啊！”突然电话响起来，沐国恩接听后脱口而出：“谁迟到谁请客啊！”

“去你大爷的，”只听窦志强在电话里骂道，“我这就到长虹桥路口儿了，你们在几层啊？”“二层……嗯？你跑长虹桥去干吗？约好了在东四十条这个分店聚啊！”电话里传出拖着长腔儿的脏话：“今儿忙糊涂了，等我啊！”

沐国恩和郁风雷面面相觑，无奈苦笑，于是先点了开胃菜和饮料。两人正吃着话梅山药讲起“铁棍儿山药种多了地受不了”的段子，窦志强一下子冲进来，问道：“鸭子呢？鸭子呢？”

沐郁二人都指着窦志强说：“就是你这只胖鸭子！”等窦志强入座后才开始点正餐。沐国恩说：“托二位兄弟的福，我这回大难不死，理当大吃一顿。烤鸭自然必不可少，每位再来个葱烧海参吧！”窦志强大喜：“好好好，就点最贵的上等海参如何？”

郁风雷插话："你个吃货宰起人来真够狠的！从长虹桥到东四十条，途经三里屯儿和工体，正赶上堵车的高峰，你小子不到一刻钟就到了，莫非是变成烤鸭飞过来的？"

"精诚所至，金石为开，堵车能奈我何？"窦志强合上菜单，正要给自己点烟，却被沐国恩拦住了："咱哥仨难得相聚，可惜开车来不能喝酒，那就换个玩意儿款待二位吧！"说罢掏出上月在苏黎世机场免税店买的几支雪茄，自己挑了支科伊巴。郁风雷和窦志强分别选了罗密欧与朱丽叶和基督山。或浓或淡的烟草香气渐次飘起，充溢了整个包间儿，沁人心脾，如同引人入胜的香艳故事。窦志强深吸了一口，问道："买没买瑞士巧克力？""没买多少。请同事分了。咱大老爷们儿还吃巧克力？忒小儿科了。本想留给郁家小公主一些，人家还看不上。"说罢冲郁风雷撇撇嘴。"得得，好意我心领了，闺女最近常常牙疼，估计是甜食吃多了。"沐国恩一下来了劲儿："治牙疼得用偏方儿啊！""用鞋底儿抽？你丫少跟这儿哩根儿楞！”“咱闺女金枝儿玉叶儿哪能抽呢，得喝香水河儿窦府的天然气水儿啊，包治百病！对不对啊，窦总？”

窦志强搛了块儿火爆鸭心，应道：“你丫就会哪壶不开提哪壶，不开你开谁？”郁风雷问：“燃气管儿里的水，啥时候儿能排干净啊？”“天知道！凑合用着吧，反正我们也就周末才去。最近这日子过得，真是按下葫芦起了瓢！”沐国恩问道：“这可不像窦府的范儿啊！去年你开公司的时候不是问苍茫大地，舍我其谁的派头儿吗？”郁风雷也跟着帮腔：“是啊！我记得你当时还撺掇沐国恩离开律所，承包几个厕所，自任所长兼高级合伙儿人来着。”

窦志强不无愧色地说：“承包厕所自然是戏言，不过当时的确是过于乐观了些。现在天天都一脑门子官司。对了郁总，你们那儿车位卖多少钱来着？”

“二十五万吧。我房子买得早，打八折。”窦志强顿感同病相怜：“我那边儿更贵，二十八万！现在不买，以后也没机会了。我手头儿紧，想租个地下车位，人家就是不伺候儿！”郁风雷说：“没辙。我也是前些日子买的。俩车位就四十万啊，产权还只有50年。本想渗渗，邻居个顶个儿比我还急。他们买房大多是为了出租赚钱的，能租得起这个档次公寓的房客哪个没车啊？所以车位是标配。开发商都不傻，出租车位哪有卖车位来钱快啊？”

沐国恩一边儿将鸭皮蘸上甜面酱卷入薄饼，一边说：“郁总抱怨第二套房的车位贵，窦总抱怨第三套房的车位贵，你们俩是在发牢骚还是穷嘚瑟啊？莫非是馋我这个只买得起一套房的穷光蛋吧！”

| 四、相聚 |

窦志强懒得卷饼，直接夹了一大块鸭脯纳入口中大嚼，说：“我哪有心跟你嘚瑟？你丫不能只看我吃肉，不看我挨打。就上周末，香水河儿农民抗议县政府当年违规征地搞开发，开着拖拉机在天鹅宫的大门口儿示威，就差成立农会打土豪分田地了。欸，这葱烧海参咋还不上？”

“活该打你这个土豪啊！”沐国恩让服务员去催菜，接着说：“就那仨瓜俩枣儿的征地补偿金，让农民喝西北风儿去啊？！”

郁风雷说：“胖子你这就不对了。农民挨坑是不假，但那是征地、买地单位的责任啊！豆包儿买房是合法合规的，不该为非法占地吃挂落儿。”“是吗？”沐国恩笑道：“你看丫贼眉鼠眼的德性，活生生土豪转世。得得得，冤枉窦总了还不成，最大的这份儿海参归你！”

窦志强缓缓咽下，笑逐颜开："不错不错，赶上俺们香水河儿的驴蹄筋儿啦！还记得1994年那次聚餐吗？""打死你我也忘不了啊！"沐国恩脱口而出，"咱们当时实在忒能吃了吧！"仨人儿边吃边回忆起17年前大学刚毕业时的聚餐。

郁风雷说："当时不止咱仨，一共五个呢。"不错，不过那两位一个移民加拿大，一个离婚后就没了消息，多年不通音信了。当时的五个小伙子，风华正茂，学校食堂油水不多，下馆子能拿出上山打老虎的劲头儿。当天他们三四点钟在团结湖中路的一家不起眼儿的小饭馆儿聚齐的时候，并非饭点儿。选在这么个不尴不尬的时间，就是为了多聊会天儿，少吃饭，省点儿钱，毕竟人人的腰包儿都不那么充实。大家从二三流儿院校毕业，告别校园都觉得如释重负，提及所谓德智体美，无非耸肩苦笑；一谈酒色财气，各个兴高采烈，滔滔不绝。聊得越是投机，胃口越好，转眼间三只烤鸭下肚，又点了一大桌实实在在的硬菜。等聊到尽兴的时候，菜也吃得干干净净。于是纷纷如厕，只剩沐国恩一个留在饭桌旁。当沐国恩起身也要去方便的时候儿，店里的伙计连忙把他拦住：“先生您能不能先把账结了？”合着把他们当成吃白食的了。

所谓怀旧，无非就是隔着逝者如斯、一去不返的时间长河向彼岸无奈地翘望。三个人到中年的伙伴，像孩子一样开怀，笑话自己当年的青涩和稚嫩，其实何尝不是羡慕曾经的年轻呢？“那顿饭是谁结账来着？”窦志强不禁一问。

“郁总啊！”沐国恩道，“本来我说大家凑钱，郁总大手一挥：‘这回我请！’那风采我至今记忆犹新。”“对对，”窦志强似有所悟，“丫一毕业就去中期当了董事长的小蜜，比我们混得强多了！你丫咋那么走运啊？”

窦志强所谓的中期，是指中国期货贸易总公司。国字号儿一向是名校毕业生就业的首选。郁风雷就读的财经学院跟北大、清华、外经贸和人大比起来相形见绌，难怪别人在羡慕之余颇感费解。

郁风雷呷了口鸭汤，淡然道："我离开中期多少年了，怎么还有人眼红啊？时过境迁，也不瞒你们了。当初我一路过关斩将，不但被录用，很快就当上了董事长秘书，一直以为是自己在大学里没白用功。直到三四年后有位上司貌似无意地一问，我才明白是咋回事儿。"

"咋回事儿？"

"人问我是不是证监会许处长的亲戚。我当然不是啦。后来一打听，原来这位许处长一个远房亲戚跟我同名同姓，当年也应聘中期的职位，托许处长跟中期高层打个招呼。许处长看来并未太当回事儿，只是让手下人打了个电话。”

“于是阴错阳差，把你当成他录取了？”沐国恩续道。

窦志强问：“可是那个郁风雷名落孙山，回头跟许处长一诉苦，哪儿容你小子得意啊？”

“嘿，无巧不成书！”郁风雷笑了，“估计那个郁风雷本来就是临时抱佛脚，关系并不硬，碰壁之后以为亲戚不帮忙或者怨自己学艺不精或者兼而有之吧，就没再露面儿。许处长日理万机，早把这笔人情债忘了，直到不久前来中期视察，才跟董事长提了一嘴。董事长立马儿回答说小郁同志一贯表现优异，入职后就是公司的重点培养对象。”

“我说你小子当年那么走运，原来人家招错了人啊！”沐国恩不禁大笑，“敢情中期把你当爷供着，现在穿帮了怎么办？”

“怎么办？凉拌！事已至此，硬撑下去呗，又不是我的错儿。好在那几年在中期总公司没有虚度，把头头脑脑儿伺候得舒舒服服。当然，这事儿挑明了大家面子上多多少少都有点儿挂不住，头儿似乎有芒刺在背，我则不免如坐针毡。好在不久后旗下的典当行有了个副总经理的空缺，我就去当铺当掌柜去了。”

“高，全身而退，实在是高！这么牛逼的传奇经历，怎么早没听你说呢？”窦志强问。

“有什么牛的？羞还来不及呢。冒名顶替混进我党金融队伍而已。你们俩最近买什么好玩意儿没有？”

五、相识

菜过五味。仨人儿就着果盘儿，继续闲聊。沐国恩说：“玩意儿？最近还真没买。刚去瑞士玩儿了一圈儿，赶上汇率高，花了一大笔。再说胶片时代行将就木，我对相机也开始兴味索然，不打算再买了。不过在新光百货的一个欧洲工艺品店里看上了一幅马克·夏加尔的石版画《孤独》，打算遣散费到手就拿下。”

“《孤独》？你这老光棍儿果真不打算出嫁啦？”窦志强奚落道。“前两天去中关村鼎好电子商城买存储卡，一小伙子劈头就说：‘老板看看新到的屁勾儿760吧！’”

“你听错了吧？售货员嘴里怎么这么不干不净的？”郁风雷用牙签儿挑起一片儿西瓜。

“我也以为听错了，其实人家推销的是索尼投影摄像机PJ760E。这哥们儿把‘J’念成‘勾儿’，估计是打牌打习惯了。”

“中国文化源远流长，博大精深，多少异族都被同化了，把区区几个拉丁字母汉化了算啥？”沐国恩接着说，“咱们打牌都说‘勾儿’、‘疙瘩’、‘叉’或‘尖儿’，没有说‘Jack’、‘王后’、‘Ace’的。停车场管理员的发光马甲上当胸就是五个大字儿‘停车屁管理’嘛！”其实“停车管理”之间的字母P是英语“停车”的缩写。笑过之后，他问窦志强：“你丫今儿因为什么迟到啊？”

“招待老潘他们来着。”

“是不是玩儿腻了徕卡 M8.2 狩猎版，想让你再给他买个全画幅的 M9 啊？”沐国恩打趣道。老潘是外地省级电视台台长，窦志强多年的生意伙伴，也是个摄影爱好者。2009 年经沐国恩建议，窦志强花六万多买了个徕卡的旁轴数码相机 M8.2 送他。

“你丫甭打岔，让豆包儿说正经事儿。”郁风雷说。

老潘这次到了北京才通知窦志强，不是什么好兆头。老潘灰暗的脸色，更证实了这一点。酒过三巡，老潘绷不住了，把台里的变故一一道来。上个月台里开会，空降了一个掌握实权的副台长，前两天组织上又以老潘明年即将退休为由免去了他党委书记的职务。至此老潘被彻底架空。按说他宦海数十年，经验老到，根基深厚，窦志强还指望趁他大权在握再做几笔生意呢，没想到他这么轻易就被废了武功。这几年电视台跟窦志强曾经供职的舰队街公司合作顺利，台里今非昔比，获得不少外资。老潘和窦志强私下也赚了不少，自然有人眼热，觊觎多日，下手就是杀招儿，连潘台长这样的老江湖都猝不及防，别说还手，连招架的机会都没有。

媒体无疑是国内监管最为严格的行业之一，对于外资机构来说，如同刺猬或乌龟，虽然对此垂涎三尺，却难以下口。眼睁睁地看着中国电视市场日益火爆，终于有聪明人想出一条既能赚钱又可以简化监管的计策：外资机构找准国内一家愁米下锅的电视台（一般而言设在三线城市，一线城市都是聚宝盆，外资无缘插足），与之签订独家广告代理协议。为了增加广告收入，必须提高收视率。并做出相应的商业安排，广告收益按照协议与电视台分成儿。这种合作安排拐弯儿抹角儿，曲折萦纡，甚至可以说是错综复杂。恰恰是这种透明度低的运作模式为相关各方提供了大把捞钱的良机。

“看来商场、职场都不亚于战场啊！”沐国恩悠悠儿地说，“自以为可以舒舒服服晒太阳的时候，大刀片子直截了当就剁下来了。你当初在舰队街不也干得好好的吗？说散伙就散了。难怪戴高乐说：胜利之神‘几乎刚一展翅而飞，就已经收起羽翼’。他这次来是不是找你小子串供防双规啊？”

窦志强苦笑道：“你丫这张臭嘴！”

郁风雷问：“招待老潘是昨儿的事儿，今儿迟到又是因为招待他吗？”

“今儿他带我见了他侄子。”窦志强绝非势利之徒，昨夜在华茂的成城铁板烧大宴老潘，规格颇高，尽了地主之谊，也耐心安慰了老潘一番。说得老潘兴起，道："还是窦总厚道啊！你在北京熟人多，以后恐怕还要麻烦你帮我侄子的忙啊！他正张罗个会所的生意。你明儿下午有空儿吗？"窦志强早就知道老潘有个宝贝侄子，据说风流倜傥，年方三十，经营奢侈品买卖，其父是省驻京办主任，在派送礼品方面自然可以帮儿子一把。有了这么强的家庭背景，生意自然做得不差。窦志强自己也算是准高干出身，工作上却不曾沾父母的光，也一向看不上靠父母发财的主儿。不过老潘既然把话说到这个份儿上，不便推辞，便点头同意了。

于是今天下午经老潘引荐，在朝阳公园儿附近的平月茶馆认识了这个潘摧锋。说此人玩酷尚可，纨绔还真说不上。深色镜框儿、银色耳钉、合体的名牌儿服装使他看上去颇有艺人的范儿，对窦志强相当恭敬："早就听叔叔说起过您，久仰久仰！像您这么资深的传媒专家……"窦志强知道他说的是客套话，依然觉得很受用，连忙打断："哪里哪里！混口饭吃罢了。潘少总才真是年轻有为呢！”老潘插话说：“大家都是自己人，就甭客气了。小锋，你就说正事儿吧。”

窦志强听罢觉得油水不大，但碍于情面，不得不有所表示：“微博越来越火。网上认证的所谓民意领袖天天呼风唤雨，从国计民生到三俗八卦，屁大点儿事儿也能弄个沸沸扬扬。如果饭馆开业时搞个大派对，请来几个大V来露个脸，比新闻联播都管用。”

小潘感觉到窦志强的兴味索然，问道：“您看搞哪种活动合适呢？”

“看饭馆儿档次和定位了，”窦志强答，“哪天能带我去看看吗？”

见沐国恩和郁风雷已经开始走神儿，窦志强识趣儿地打住了话头儿：“嗨，天天瞎忙，也就这么点子破事儿。二位周末啥安排？”

郁风雷喷出一大口烟：“还能干吗？送闺女学英语、弹钢琴，去医院看老太太呗。”沐国恩问：“咱妈病情如何了？”“还那样。快70的病人，她状态就算不错了。前几年我们带孩子各大洲足玩儿，今年都歇菜了。媳妇儿原来还劝我移民呢，我说父母岳父母都这把年纪了，让他们搬过来跟咱们一块儿住都不肯，还移什么民呢？”

窦志强道：“难兄难弟啊！我们家老爷子也出院没多久，刚去海南。我今晚回香水河儿品天然气水儿。”

沐国恩心想：看来我的周末安排比他们充实多了。次日待小时工打扫房间、熨烫衣服后，沐国恩便出了门儿，在簋街一个名叫苏力坦的新疆馆子里吃了一大盘儿拉条子、几个羊肉串儿。午饭后驱车来到方家胡同46号，心想：往北经公益巷就是国子监街，北京文化遗产保护中心设在这儿还真挺合适的。方家胡同原来是中国机床厂所在地，沐国恩大学毕业时，机械系有个校友儿就在这里找到了工作，不过机床厂早已改名为中国机床总公司了。如今的46号院，跟酒仙桥的798类似，昔日的厂房让位于剧场、画廊、工作室、咖啡馆儿、主题餐厅、玩具店铺等，“退二进三”了，随之而来的自然免不了铺天盖地的商业气息。

北京文化遗产保护中心早在2003年就成立了，但直到去年才引起他的注意。这个机构四处游说，反对政府推动的钟鼓楼改造项目。沐国恩对于破旧的四合院儿并不十分在意，但近年来各地的所谓“改造”项目往往牵涉强拆，令他倾向于保护中心的立场，尤其打动他的是保护中心发起人的观点：人是文化遗产的创造者和载体，保护文化遗产、历史街区就不能剔除其原住民。上网一查，原来此人是国家文物局政策法规司副司长，看来这个所谓民间组织还是有点儿官方背景的。这在中国倒不稀罕，因为民间组织都需要挂靠官方的主管部门，而成功的民营企业要么前身是国营企业，要么在政府有靠山。更引人注目的是，早在2007年，保护中心就曾与媒体合作，使前门搜猴儿项目胎死腹中。当然前门大街的改造依然如期完成，但无论是商业开发还是文化保护上，都成了“驴粪蛋儿表面儿光”的失败典型。

北京文化遗产保护中心虽然由官员发起，赞助单位却多是外方机构，包括联合国教科文组织以及瑞士和美国使馆。沐国恩觉得这个保护中心还挺靠谱儿，就抽空儿帮着翻译了几篇短文，去年年底还捐了五千块钱。如今赋闲在家，又不打算出游，便来这里掺和掺和，权当解闷儿。

今天的茶话会是为了欢迎一对法国夫妇来京研究明末清初西

方传教士的在华活动。马尔罗·卡佩先生和布里吉特·卡佩夫人六十多了，都是巴黎第七大学（又称巴黎狄德罗大学）的教授。沐国恩很快注意到他俩身边有位身材高挑儿、古铜色皮肤的金发女士，起初还以为她是教授夫妇的女儿。卡佩先生中等身材，面颊红润，学究儿气溢于言表，操一口台湾普通话，先自我介绍一番，然后概述此行的研究重点是南怀仁、德理格和郎世宁，最终感谢他此行的赞助单位利玛窦基金会："为了安排我们的行程起居并与中国相关单位协调，基金会理事西尔维亚·维斯康蒂女士专程来京，对此我们夫妇不胜感激。"金发女士起身向大家点头致意，用不甚熟练但颇为标准的普通话说："利玛窦基金会自1971年设立以来，一直致力于加强中西文化艺术交流与合作。卡佩夫妇的著作在欧洲史学界备受推崇，有机会赞助卡佩夫妇的项目，是本基金会的荣幸。我此次来京，不但是为履行基金会赋予的使命，也是出于对这个伟大首都的想往和迷恋。去年来京出差时就喜欢上了这个城市，这回能陪这对汉学家在京暂住一个多月，又有机会和北京文化遗产保护中心的朋友们欢聚一堂，真是太好了。”

会议室里响起礼节性的掌声。维斯康蒂继续道：“利玛窦基金会全额赞助卡佩夫妇在京的研究、食宿和差旅费，而本人的食宿以及差旅费完全由我自己承担，不占用基金会划拨的专项费用。”这句话听起来颇为突兀，沐国恩感到莫名其妙。看到听众的反应，维斯康蒂显得有点儿不好意思：“我的意思是利玛窦基金会一贯严格监管各项开支，不允许公款旅游。作为基金会的理事，我想也许有必要跟诸位解释清楚这一点，因为我注意到北京文化遗产保护中心也是一个声誉良好的公益组织。”短暂的静默后，更为热烈的掌声响了起来，大家心领神会地交换眼色。沐国恩心想：这个西尔维亚事先肯定从媒体上了解到国内公益基金会最近的丑闻，所以正经八百地来了个自白。

来访者陈述之后，主持人请听众提问。听众中不乏外国人，想必是赞助单位的代表或者志愿者。他们的汉语水平参差不齐，提问时开始使用英语。卡佩夫妇于是用英语应答，这样一来难免让大部分中国听众感到困惑，开始窃窃私语。西尔维亚注意到这一点，主动将英语问答译成汉语。但显然她准备不足，遇到西方传教士的外国原名以及专门术语，不知道其对应的中国名字或名称，频频打奔儿。沐国恩看她颇为尴尬，便自告奋勇地替她做起口译。

沐国恩在外资单位混迹十多年，从来不给自己起洋名儿，主要是因为不屑于这种崇洋的习气。在大学里，来自俄亥俄州的外教给他安了个“格里高利”之类的名字，让他觉得如同阿猫阿狗起名字似的。在有关美国多元文化的讲座之后，他告诉外教：希望她称呼自己的汉语名字；如果她发音有困难，他可以教她。老外瞪了他一眼，说起英语名字有助于学英语。沐国恩耸耸肩，答道：“多谢老师美意。但我的中文名字表明了我的真实身份和民族背景。称呼我的本名也算是对多元文化的尊重，您说呢？”老师被噎得无话可说。

其实这位美国女教师是个挺不错的人，教他们唱圣诞颂歌，做复活节彩蛋，还不时把自己亲手烘焙的巧克力饼干带给学生分享。在一次闲谈中，沐国恩开玩笑似的讲了他对于中国人用洋名儿的顾虑：美国人姓氏多，但取名儿往往从《圣经》里找，在大街上喊一嗓子“马克”或者“迈克尔”，应答者肯定不计其数；倘若 13 亿中国人也取英语名字凑热闹，重名现象会更严重。

工作以后他发现，中国人起洋名儿，外国人起中国名儿，如果原名儿和译名儿相距甚远，翻译起来实在是莫大的麻烦。比如美国汉学家约翰·金·费尔班克的中文名字叫费正清，末代港督彭定康的原名儿是克里斯·帕腾，香港特首曾荫权的英文名儿叫唐纳德·曾，澳门特首崔世安的洋名儿是费尔南多。如果华人女性出嫁改姓儿，再取个洋名儿，那就更是一点儿线索也没有。

好在沐国恩对于西方传教士的在华经历多有了解，聚精会神勉强应付下来。若非事先了解，他也不会知道朱塞佩·卡斯蒂里奥尼是郎世宁，让-弗朗索瓦·热尔比永的中文名儿是张诚。看看听众不再提问，卡佩夫妇和西尔维亚都向沐国恩致谢，不料沐国恩道："在下倒还有个问题，不知您可否不吝赐教？""当然。请讲。"卡佩说。

"方才您提到南怀仁曾在北京成功试制蒸汽涡轮车的时候，说希望此行能有新发现，您的意思是否是指希望找到实物呢？"

卡佩略一停顿，看了夫人一眼，答道："坦率地说，我们的确打算探究这个装置的下落。从南怀仁的著作《欧洲天文学》来看，他对此相当着迷，煞费苦心，并完全了解蒸汽涡轮车的划时代意义。从常理来看，精心研制的作品是不会被轻易毁弃的。有理由推测他把这辆小车留给了后人，很可能是其他传教士。我们希望从北京的历史档案中找到线索。”

主持人看看时间差不多了，道：“感谢卡佩夫妇的讲解和维斯康蒂女士的协助，也感谢诸位周末来捧场。刚才维斯康蒂女士私下跟我说，在北京出门办事儿觉得交通是个问题：打车太费劲！而地铁太拥挤，公交线路又不熟。经酒店介绍找了位据说是熟悉路况又通英语的司机，但两三天下来，觉得服务并不令人满意。在座诸位如果认识哪位出租车司机能胜任这项工作，不妨推荐给她。您说什么？哦，黑车司机就算了！”大家听罢不禁莞尔。

会后沐国恩走到西尔维亚和卡佩夫妇面前，说：“您看我给你们当司机如何？我恰好在新旧工作之间。”这是个英语成语，是“下岗失业”的委婉说法。西尔维亚正把苹果平板儿电脑塞进紫色的新秀丽公文包里，听了这话，嫣然一笑：“您当司机可太屈才了！”

“哪儿的话！为中西文化交流略尽绵薄，求之不得。我愿意为你们的学术研究无偿跑腿儿。”

“您的骑士风度真令我感动！”卡佩夫人插话道，“不过您既然还没有找到新工作，我们怎么好意思让您白出力呢？”

沐国恩告诉他们：其实下一份工作已经有了着落；他对于传教士在华活动也很感兴趣，由衷希望为他们效力。这时会议主持人也凑过来帮腔：“我是遗产保护中心的理事，认识沐先生快一年了。沐先生是热心肠，绝对信得过，靠得住！”

西尔维亚与卡佩夫妇商量了几句，对沐国恩说：“那您几时可以开始工作呢？”

| 五、相识 |

沐国恩注意到她那蓝眼睛亮晶晶的，既像九寨沟的幽静又像科莫湖的明澈，不觉心头一动：“现在，此时此刻！”

六、相投

沐国恩随他们三人来到院子里，按住车钥匙上的遥控键，矮墩墩的巧克力色车身渐渐褪去篷罩儿，好像美女当众揭开了面纱。西尔维亚顿时笑靥如花：“哇哦，早说你开的是敞篷儿车，我们刚才就不矫情了！”跟沐国恩一起把前座儿靠背放倒，扶老夫妇欣然入座。沐国恩系好安全带，问道：“去哪儿？”

“东四十条的阅微庄四合院儿。”西尔维亚道。

沐国恩心想：那顺着东四北大街往南扎就是了，估计也就是三四公里。这算什么兜风呢？西尔维亚似乎看透了沐国恩的心思，冲他挤挤眼：“教授住城里，我住八宝儿山，远着呢！”北京周末不限行，天气又好，街上车水马龙，车开得走走停停。不过四个人都很享受火辣辣的阳光和路人的目光。沐国恩想起上个月在瑞士游山玩水的时候，敞篷车并不少见，只有六七十年代的经典跑车才能成为众人瞩目的焦点。还是北京好，拉风的成本低多了。

在东四十条胡同口儿，西尔维亚开口了：“就这儿吧！胡同儿忒窄了。”沐国恩回望她一眼，感谢她的体谅，不过还是硬着头皮开了进去，直到挂着六个大红灯笼的垂花门门口儿。垂花门本是四合院儿里内宅与外宅的分界线，这里成了宾馆的大门，颇有点儿内衣外穿的味道，符合时代潮流，正对沐国恩的胃口。待教授夫妇下车进门后，沐国恩不禁问道：“法国老头儿老太太，干吗非住进胡同里呢？”

“这就是巴黎教授的范儿，”西尔维亚说“巴黎教授”这几个词儿的时候改用法语，故意拖长腔，“我去过老两口在拉丁区的寓所：墙上挂中国字画儿，书架里摆满了线装书。对他们来说，来北京不住四合院儿就跟写法语不加重音符号儿一样大逆不道。不瞒您说，我原本图方便，也订了这个酒店的客房。下飞机打车过来，司机在胡同口儿就想把我们撂下，我们当然不干。也难怪，胡同儿确实有点儿窄。酒店挺可爱，客房全套儿中式家具，就是小了点儿，他们住的套间才 30 平方米。再有就是这条胡同儿是单行线，打车进出不方便。”

沐国恩原本以为西尔维亚有点儿矜持，没想到却是个自来熟，英语说起来就跟母语一样流利。“于是您就搬到八宝山去了？”她又笑了：“逗你玩儿呢！我住励骏酒店，离王府井不远。不过现在我不想回去，能不能兜兜风啊？”“呃……那就先去天安门向毛主席致敬吧！”不一会儿就到了金鱼胡同儿东口，励骏酒店就矗立在东南角儿，华丽的窗饰和膨胀的穹顶带着鲜明的异域风情，如同从法国大都市连根拔起，运到北京，空降下来的一样，与近在咫尺的厉家菜馆儿那气派的王府大门虽然风格迥异，奢靡的气息倒是相通的。励骏和外观简约的丽晶酒店一南一北，像一对门神一样把住金宝街的西端。金宝街长仅仅 700 米，云集了多个豪华车专卖店，洋溢着蒙特卡洛式的纸醉金迷。

他们一直向南，右拐上了长安街，不约而同地向天安门城楼上的毛主席像行注目礼之后，对视而笑。“鸟蛋最近有什么好节目吗？”西尔维亚指着国家大剧院问。沐国恩说：“前两天有《图兰朵》，我去年看过，布景非常壮观。7 月初原本安排了俄国女高音安娜·涅特列布科的独唱音乐会，因为庆祝建党 90 周年推迟了一个月。7 月底打电话问国家大剧院，人家说 8 月 2 日上演的还是红歌儿会，独唱音乐会取消了。”西尔维亚叹道：“太可惜了！安娜可是我的偶像啊！当初推迟一个月建党就好了！”“推迟一个月？你真是站着说话不腰疼！我们中国人民当时水深火热，眼巴巴地盼着他拯救众生，推迟一天建党都等不及啊！”

“哦，抱歉！不过那时候儿水深火热的不只你们中国：贝尼托·墨索里尼 1921 年成立国家法西斯党，第二年就上台了。”沐国恩看了她一眼，脱口而出：“就知道你是意大利人。”“哈，马后炮！我都说墨索里尼了。”“是有点儿马后炮。不过维斯康蒂好像是个意大利导演吧，是你的什么亲戚吗？”“呃，他不但是导演，还是共产党员，外加同性恋。不过跟名人攀亲挺没劲的。我们去哪儿？”她的面颊和胳膊都晒成了咖啡色，开始冒汗。沐国恩没接她的话茬儿，问道：“安娜是你的偶像，你也会唱歌剧吗？”

“嗯，问题就在这儿。两个安娜都是我的偶像：小提琴手安娜－苏菲·穆特和女高音安娜·涅特列布科。声乐和器乐两样都难以割舍，也都没学出样儿来。到23岁才知道自己虽然有激情肯努力，但是缺乏天赋，于是改学艺术管理了。”“艺术管理？就是安排、推介艺术团体的演出吗？”“差不多吧！”西尔维亚的神色忽然落寞起来。路过戒备森严的新华门，她似乎被阳光下熠熠生辉的绿剪边黄琉璃瓦和朱漆门吸引，看着门外八字墙上镶嵌的两条红地金边白字大标语“伟大的中国共产党万岁”、“战无不胜的毛泽东思想万岁”，开口道：“里面一定很漂亮。”

沐国恩说：“的确如此。”“你进去过？”“不错，去过三次，第一次还坐汽艇在中南海兜风呢！”看到她满脸的不相信，沐国恩极为受用：“不但进得去，还不要钱呢！平头儿百姓，没有黄马褂儿，照样儿平趟大内！”沐国恩还真不是吹牛。他上初中时就去过两次，一次在春天去看电影，电影的名字和内容早就忘得一干二净了；还有一次是数九寒天去参观流水音、毛主席故居、怀仁堂和瀛台。湖面结了冰，一个男同学踩裂了冰面掉进水里，把他拉出来的时候，他的棉裤和大衣在刺骨的寒风中立刻上了冻。而大片的草地却是绿油油的——地下肯定有暖气。当时沐国恩一家三口儿挤在筒子楼十平方米的斗室里，靠烧蜂窝煤取暖，有过一次煤气中毒的死里逃生。如今头一次看到这种为绿地保温的做法，觉得既新奇又有档次。

第一次进中南海无疑才是最难忘的。那是 1981 年，沐国恩正在芳草地小学上三年级。芳小当时是北京唯一接收外国人就读的小学，有点儿国际学校的味道，其实中外小朋友分别在不同的教学楼上课。除了新年联欢交换礼物之外（他本人曾用一块义利威化饼换来一支铅笔，觉得亏了），中外学生平时并无什么交流。大批西方管理和专业人员以及缺乏管理或者专业背景的人员来中国淘金是很久以后的事儿。改革开放之初，外国生源主要来自驻京外交官子女，在芳小似乎还是以亚非拉孩子居多。在这些外国孩子里，沐国恩当时唯独觉得着裙装的朝鲜女孩儿有几分姿色，但她们都很矜持，从不正眼儿看他。

这京城独一家的国际小学享受的待遇自然与众不同：离六一尚早，小伙伴儿们就纷纷议论儿童节会参观连成年人也很难有机会去的地方：人大会堂、建外国际俱乐部、中南海。沐国恩去年已经去过人大会堂了，这回一心想去中南海。谁知天不遂人愿，国家名誉主席宋庆龄同志于5月29日与世长辞。国丧期间，娱乐自然告停，六一节便在对宋主席的默哀中度过，芳小的孩子们遗憾不已。好在国恩浩荡，暑假期间安排了娱乐活动，算是给他们补过儿童节。于是在8月份一个凉爽的上午，沐国恩与幸运的同学们终于有机会参观向往已久的中南海。泛舟湖上，清风拂面，垂柳依依，妙不可言。而且那次令别人艳羡的一日游没有让他花一分钱：接他们往返的车辆都是学校安排的。

“现在可就没机会了。”沐国恩唏嘘不已。两人一时无话，继续前行。西长安街一如北京的其他大街，充斥着二三十年来新建的办公大楼和购物中心，三味书屋的屋瓦、民族文化宫的白墙、广电总局的尖顶、首都博物馆外墙上的青铜塔楼点缀其间。在北京，不同时代、不同风格的建筑比肩而立，对比鲜明，如同百多年来左右中国的各种政治思潮一样势不两立。想到这里，沐国恩说道：“欧洲城市的建筑风格似乎比这儿更协调，古典式、文艺复兴，要么就是新古典或者折中风格。不过北京这种针锋相对的建筑格局也有它的好处。”“怎么讲？”西尔维亚笑问。“不会让游客腻味呗。小胡同儿、大皇宫、老宅门儿、新商场，明清宫殿园林，近代西洋楼，斯大林式建筑群，开放后出现的玻璃幕墙高层建筑，各投所好，各取所需。” 他把车开进三里河儿路的辅路，在银杏树荫下缓缓停下，去路边商店里买了两瓶儿冰镇的康师傅冰糖雪梨，递给她一瓶儿：“歇会儿，不妨躺在车里日光浴。”

| 六、相投 |

西尔维亚耸耸肩："没带防晒霜。"从小挎包里掏出黄色外壳的"爱疯"手机，戴上橘红色镰刀形耳机。沐国恩指着汽车音响道："独乐乐不如众乐乐嘛！"她心领神会，随即把手机馈线插入音响，节奏鲜明的欢快旋律顿时飘溢出来。原来是吉卜赛国王组合用西班牙语翻唱的老歌儿《飞翔》。音乐比冷饮还要提神儿，几乎令人手舞足蹈。这首歌儿诞生于中国砸锅打铁"大跃进"的1958年，是欧洲电视歌曲大赛中意大利的参赛歌曲，最终取得第三，并在翌年的首届格莱美大奖中被评为最佳唱片和最佳单曲。歌词把情人的双眼比作星空，写得相当浪漫。

"真想听听您歌剧唱得如何啊！"沐国恩喝光了饮料，悠悠儿问道。西尔维亚郑重其事地清清嗓子，两手相握，摆好造型，却说："哟，没伴奏啊！"沐国恩笑了："欺负我外行是吧！晚上带你去基辅餐厅，见识见识乌克兰的歌手。""嗯，听说过。""不过为了艺术可得做出点儿牺牲：那馆子的俄国菜也就那么回事儿。”如果说北京展览馆院儿里富丽堂皇的老莫代表了苏联50年代的辉煌，屈尊栖身在西三环外逼仄胡同儿里的基辅餐厅可算是苏联解体的佐证，在那儿花百八十块钱就可以请所谓“乌克兰功勋歌唱家”在顾客面前引吭高歌。“为什么不去莫斯科餐厅？”西尔维亚问道。沐国恩说：“我觉得莫斯科餐厅的建筑比烹饪水平高得多。开放前莫斯科在北京算是首屈一指的西餐厅，如今嘛，最受欢迎的西餐肯定轮不到俄国菜，地道的西餐饭馆儿恐怕都在东边儿吧。我去基辅餐厅是为了听歌儿，去老莫儿则是为了怀旧，而且是替父母怀旧。当时全国崇尚苏联，比现在崇尚西方更盲目更狂热。”“你替父母怀旧，怎么讲？”“我爸当年请我妈在莫斯科餐厅开过洋荤。”沐国恩想象着当年老爷子如何跟妈妈套瓷，不觉笑了。

基辅餐厅门脸儿虽然不体面，人气却一直很旺，或许就是因为表演吸引人吧。沐国恩照例点唱了雄壮的《苏联国歌》和父母最喜欢的情歌《遥远的地方》以及几首意大利歌曲。乌克兰的男高音看见与沐国恩同来的西尔维亚，显得有点儿人来疯，唱《我的太阳》和《说你爱我，玛丽欧》比以往更加卖力。沐国恩正觉得意犹未尽，却见西尔维亚频频看表，便问缘故。她说："和女儿约好在9点半视频通话。"沐国恩这才注意到她左手戴的婚戒。

夜色中的长安街灯火通明，热闹不亚于白天。沐国恩贫了一下午，送她回酒店的路上却无话可说了，道别时才问起他作为志愿者的工作安排："哪天需要我接送？""周一早上十点在阅微庄碰头儿吧。我自己过去，甭接我了。""行。哦，出门儿上街，戴耳机听音乐时当心小偷……""当然，多谢！在罗马就是在听歌儿的时候被人偷过 iPod。"

七、相约

是先制作23份新闻夹（内含新闻稿和背景资料的文件夹）、8张桌卡和5张胸卡还是先通知18家媒体记者产品发布会的时间地点呢？柳筱绯一边看马经理发来的电邮一边啜一口浓咖啡，顺便听一耳朵餐室里同事们都在聊些什么。餐室本来就是公司的社交中心，添置了那台瑞士卢塞恩牌儿自动咖啡机以后，越发热闹了。同事的升迁婚育，冲杯咖啡的工夫就能打听个八九不离十。大家打心眼儿里感激去年年底老板的虚荣心大爆发。话说那天上午宋老板带三员干将直奔望京街戴姆勒大厦拜见梅赛德斯－奔驰中国的管理层，为争取公关代理资格进行最后一轮游说。经过初步筛选，共有五家公司入围。五路人马同场竞技，口吐莲花，逐个推介自身实力。由于准备充分，奔驰当场拍板，决定跟他们公司签订为期一年的代理合同。年底旗开得胜本该高兴才是，但一个小插曲却令老板不爽：当年的同门校友儿、如今的竞争对手老曹对于败在他手下颇不甘心，临别时苦笑着跟他握了握手，酸溜溜地低声说："想不到你个连咖啡都不会喝的土包子居然把老外忽悠得一愣一愣的。"

这话正好插中了宋总的肺管子：他来自穷乡僻壤，靠着不服输的玩命劲儿考上了名牌大学，在北京开了公司站稳了脚跟，虽说比不了达官显贵富商大贾，但无疑已经跻身"先富起来的一帮人"。乡音早就改成了熟练的普通话，还经常夹杂着外语和时兴的新词儿，奥迪 A8 里经常播放柴可夫斯基的小提琴协奏曲，十足老板派头儿，再也不是当年那个土里土气的穷小子了。现在被手下败将奚落成土包子不禁恼羞成怒，然而当着客户的面儿却只能强忍怒火。离开戴姆勒大厦，他没有直接回公司，而是直奔新光天地的咖啡机柜台。随行的下属为公司着想，提醒他在网上买更省钱。他大喝一声“闭嘴”，拍出信用卡摔在柜台上，方才出了口恶气。同事们听了这个段子，都觉得这个倒霉的下属拍马屁不长眼，实在活该！丫只顾向老板表忠心，却不体谅大家的心愿：老板好不容易大方一回，拦着他干吗？老板给公司起了个地道的洋名儿，翻译过来叫“认知传播”，要求员工以英语名字相称，把外企的范儿拿得足足的。实际上呢，工资和福利跟在华经营的西方同行相比差了一大截，连圣诞节都不放假。终于有免费咖啡啦，多好！不过，听说外资律师事务所都给员工准备免费的灌装饮料和水果小吃呢，更不必说谷歌员工能够享受免费午餐、健身、理发、按摩、洗衣、洗车，每年还能白得一部手机！可惜是安卓的，不是“爱疯”。好像是个单位就比这家强，是个人就比自己混得好啊！

| 七、相约 |

上班儿才一年，柳筱绯觉得自己比上学的时候浮躁、功利多了，甚至有些市侩。上学的时候她也会留意谁得奖学金，谁衣着时髦儿光鲜甚至谁的家庭背景好，但毕竟还能踏实看书。对于媒体报道的大学生就业难，觉得未免危言耸听，夸大其词。校园里的课程和各种社交娱乐活动很容易令人上头甚至沉溺其中，给人一种虚幻的充实感、归属感和安全感，似乎这么挥霍青春是顺理成章的，毕业后的柴米油盐是很久以后的事儿，再说那么多成功的校友儿当年不就是这么过来的吗？她来自内蒙包头的小康之家。尽管父母供她这个独生女儿负笈来京并不算吃力，她并不拒绝打工挣钱的机会：总是管父母要钱买时装和化妆品，毕竟不好意思。她卖过快餐，也当过接线员和礼仪小姐，钱当然不多，但总比没有强啊。挣了钱就去秀水、雅秀买些高仿名牌过把瘾。大二的时候，有位在认知传播公司当差的师姐回母校招实习生，她被师姐看上了，从此投身公关行业。起初觉得这份工作能接触多个行业的客户，新鲜有趣。毕业前夕，获悉有本事有路子或者既有本事又有路子的同学先后找到了高薪的美差，未免心动，给其他公司发去简历，大多石沉大海，偶尔获得面试机会，最终也没了下文。失落之际，高璋骏给了她一个大大的熊抱，安慰道：“急什么，我们还年轻！先攒几年工作经验，将来机会有的是！”但工作一年后她觉得指望将来翻身的设想可能过于乐观了：随着中国经济日益发达，市场趋于成熟，留给小人物鲤鱼跳龙门的机会似乎越来越少，像吴士宏那样儿从勤杂工跻身跨国公司高管的传奇如今简直成了神话：当年吴士宏靠自学英语考试成绩就能进国际商业机器公司，而今几乎任何职位都需要本科文凭，一流公司的校园招聘则只面向屈指可数的名牌大学里的优等生。像她和高璋骏这样二三流院校的毕业生也就只能在二三流公司积累经验，啥时候儿才能熬出头啊？

目前她最大的乐趣成了翻阅时装杂志，这样既可以过干瘾又花不了多少钱。当然最好别当着璋骏看，免得刺激他。在商场、办公楼或是街头，总能看到年龄相仿甚至比她更年轻的女孩穿着光鲜妖艳，挎着香奈儿的荔枝皮手提包，开着保时捷帕纳美拉或者卡宴招摇过市。她们怎么会这么有钱？自己挣的？爹妈给的？还是走了什么捷径？柳筱绯使劲儿摇摇头，克制自己不去胡思乱想，专心制作新闻夹。“筱绯，帮我冲杯咖啡好吗？要卡布奇诺的！”里屋的办公室里传来马经理的吩咐。 “好！”柳筱绯条件反射式地答应着，脸上甚至自动浮现出微笑，尽管经理并不在眼前。这难道就是她一年间培养出来的专业素养？一边去冲咖啡，心里却恨恨地想：这个马经理，真是像“马鬃”一样难缠，谱儿也忒大了！举手之劳也要我跑腿儿，真把姑奶奶当丫鬟使啊！就会摆谱儿！

每天早上，勤杂工会在上班儿前把大家的杯子一一洗干净，放在餐室里。马鬃的红杯子很醒目，上面写着“年度最佳创意传播奖”。那是老板和马经理牵头的项目三年前获得的殊荣。马经理最喜欢端着这个杯子跟同事闲谈，一旦有人问起杯子的来历，就绘声绘色地讲起跟宋总创业时过五关斩六将的辉煌业绩。听众于是或真心或假意地对她肃然起敬，这只红杯子也就成了马经理永不褪色的军功章。当然，她能有今天的地位，非官方的说法是她跟老板有猫儿腻，否则为何在老板娘出席的场合儿，她总能找到借口缺席呢？心虚呗！

“我帮你吧！”勤杂工阿姨总是这么好说话。筱绯知道有些秘书整天被上级支使，压抑久了，就支使阿姨干活儿，也算过把当头儿的瘾。但筱绯一则资历尚浅，再说实在于心不忍，忙道：“自己来自己来。阿姨您歇着吧！”把咖啡端上马经理的办公桌儿，正要退出来，却听她问道：“媒体记者联系好了没有？”筱绯心里这个骂：你大爷啊！这邮件刚发过来才几分钟，哪儿来得及啊？！答复上司，当然不能用一句“急性子吃不了热豆包”打发，她依然含笑道：“马总，青年报的小柴说今早雅诗兰黛在国贸发布新产品，咱们要请的记者差不多都在现场采访呢，现在联系他们不方便。您看我午餐后给他们打电话好不好？”“嗯，那行，抓紧吧！”不行也得行啊！筱绯对自己的应对自如颇感得意，心想：招呼这些记者有啥大不了的？就冲三百块大洋的车马费，他们肯定准时露面儿。交情深的记者会按照公关公司的暗示向客户提问，愿意偷懒儿的就把客户的新闻稿照单全收，一字儿不落地登在报纸或者网站上。例外的情况不能说没有，但实属凤毛麟角。有次新闻发布会，《财经》的记者对奉上的车马费信封儿坚辞不受，日后刊发的报道对于客户也不够“友好”。马鬃说：这样的主儿，咱以后还是甭招惹为妙。

于是继续制作新闻夹，可是脑子里又开始琢磨上了：这么个马鬃，自己虽然看不上眼，却丝毫不敢得罪：小命儿攥在人家手里啊！她跟老板说句话，自己就得卷铺盖卷儿走人。按说去年论功行赏，普遍认为把自己招进来的师姐功劳更高，最后位子却被马鬃占了。师姐强颜欢笑，忍了不到半年就撤了，临别时说：如果新单位有机会会想着她。但这取决于“如果”啊！要等到何年何月呢？她有个同乡就等不下去了，走了“捷径”：甩了青梅竹马的男友，投入“富二代”怀抱。“富二代”还真不是吹的，出手就送给她一辆奥迪 TT，赶在摇号限购前上了车牌。现在这小两口儿就住在百子湾儿后现代城近两百平方米的精装修公寓。筱绯和璋骏应邀去看过，觉得房子真是太大太好太奢了！没有一处不令她眼花缭乱。同乡告诉她：只要嫁给“富二代”，产权证儿上就会加上她的芳名。这样儿的风光体面，北京本地的女孩儿恐怕也要羡煞。筱绯当时忍不住想：同乡不比自己漂亮啊，怎么这么走运呢？

“富二代”看上去其貌不扬，不过待人接物一看就是见过大世面的派头儿，谈起工作相当低调，只是说帮家里人看摊儿，管着几个超市，小生意罢了。同乡有意让他介绍其父的买卖，他只是闪烁其词："我爸原来投资山西煤矿，2009 年被国企收购了，没赚什么钱。现在没啥生意做，除了打麻将就是泡桑拿，应该算是下岗职工了吧。"筱绯知道这是有钱人自谦的客气话，没往心里去。高璋骏却当真了，出了小区就脱口而出："不就仗着他老子有钱嘛！有啥了不起？""不是人家要显摆，是我想开开眼好不好！有钱不犯法吧！""煤老板的钱，只怕来路不正！"这可真把筱绯惹火儿了："人家好茶好饭招待着，哪儿得罪你了？你觉悟高，赶紧去举报人家吧！"回家路上两人赌气不再说话。深夜时，高璋骏才开了口："筱绯，我不是眼红他，我是担心你：万一有个大款来追你，你会离开我吗？"筱绯看着他祈求的目光，第一次感受到他的无奈、无助与可怜。她把他紧紧抱在怀中，在他耳边轻声说："你想多了。"于是璋骏像婴儿一般把头埋在她的胸前，筱绯也像母亲一样抱着他。过了好一会儿，璋骏才恢复了男子汉的气概，开始吸吮她的乳头，抚摸她的大腿：这往往是前戏的开始。但筱绯性趣索然，推开了他："累了，睡吧。"可哪能睡得着呢？

中午照旧跟同事在餐室一块儿吃外卖。午餐免费，这恐怕是公司最大的福利，对于菲薄的工资不无小补。外卖十五六块，不算贵，筱绯觉得量太少，但不便说出口：哪个女孩儿跟同事自夸饭量大呢？权当减肥呗！这时手机振铃儿响了，是陌生号码儿发来的短信：“上回请您光喝咖啡，才灌了个水饱儿，见谅！几时能请您共进晚餐呢？”末尾是笑脸符号儿。是他吧，肯定是他，那个给她买手机的胖子。她原以为他会在第二天就给她打电话邀功套瓷，没想到隔了快一周才联系她。拿人手软，毕竟是恩人，不能不理。可是他连姓名也没留，拿什么糖啊，还真把自己当雷锋啦！筱绯打算逗逗他，就发短信明知故问：“请问您哪位啊？”

下午三点半，柳筱绯与最后一个也是最难缠的记者确认了新闻发布会的日程安排，这才注意到那位雷锋叔叔还没有理她。璋骏倒是发过两个微信，无非说出差很顺利，受上司器重，还有特别惦记她之类不咸不淡的话。莫非这个胖叔叔把自己的短信当真了，把她当成轻易忘恩的小人？筱绯摇了摇头，终于又回了条儿短信：“您就是上周帮了大忙的好心人吧？要说请客，应该我请你才对啊！”那边的沐国恩看她迟迟不回信，以为上次仗义疏财真成了肉包子打狗，见她这么说，才算松了口气，回复道：“还以为您把我忘了呢。让您破费于心不忍啊！晚饭去茉莉如何？下班儿去接您！”筱绯嘬了嘬牙花子，心想：别老是“您您”的成不成？京片子的腔调儿咋这么别扭。头一次请客就去茉莉，挺下本儿啊！茉莉是工体东门的馆子，档次相当不低，2008 年奥运期间曾被美国奥委会租用。璋骏买团购券儿请她吃过一回，吃起来也就那么回事儿，排场不小，但不实惠。自己毕竟已经有主儿了，得跟他保持距离。她合计了一下，觉得这笔人情债不还实在不合适，还是赶紧了结算了，免得夜长梦多。于是发短信说：“无论如何不能让你掏钱啊！晚上六点团结湖麦当劳见吧。”对不住，姐姐我就请得起麦当劳啊。至于开车来接我，还是算了吧。自己这么谨言慎行，仍然偶尔冒出无中生有的绯闻被同事们嚼舌头。要是被他们看见接自己下班儿的不是璋骏，指不定会怎么编排呢！看看表，离下班儿还有一钟头呢。嗯，自己为什么这么期待这顿饭局呢？

下班儿前五分钟，柳筱绯就开始收拾东西了，马鬃又来电话了：“客户刚才又改了一通，得重新打印。”早不说晚不说，偏等下班儿时来事儿了。筱绯知道这活儿推脱不得，于是拨通了胖雷锋的电话：“真对不起啊，今天要加班儿，要不改日？”“要忙活多久？”“嗯，难说。怎么也得一个钟头吧。”“才一个钟头？不不，我不是那个意思，我是说我能等，真的。”那就让他等去吧！平心而论，改动并不大。筱绯干活儿麻利，有个半小时也就差不多了。可是多干这么点儿活儿怎么就觉得这么亏呢？满打满算一钟头，加班儿费微不足道；要想报销晚餐和打的票儿，起码得再干一钟头。算了。

柳筱绯走过长虹桥，远远就看见他坐在巧克力色的敞篷儿车里冲她直乐。有什么好笑的吗？她低头看看自己的打扮：条纹上装藕荷色短裙棕色坡跟儿鞋，没啥不妥啊。她对自己仪表还是颇为自信的。寒暄之后，筱绯才知道这家伙叫沐国恩，便问他：“我走过来的时候儿你笑什么？”“笑你学乖了，没用耳机听音乐。真吃麦当劳啊？”“嗯，想吃海参鲍鱼我也得请得起啊。”正赶上饭点儿，快餐店里人声嘈杂，嗷嗷待哺的食客排成了几条长队。筱绯觉得有点儿过意不去，正要说点儿什么，只听旁边餐桌上的女孩儿煞有介事地对男伴儿说：“能不能请我吃点儿别的啊？每次约会都是洋快餐。”男伴儿委屈地说：“谁说的？上回就请你吃中餐来着！”“爆肚儿、肚仁儿外加卤煮火烧，那也叫中餐？”“不叫中餐还叫西餐啊？西餐有卤煮火烧吗？”男的不依不饶。女孩儿正色道：“教教你啊！这种快餐国外叫作‘真克夫’，英语懂不懂？就是‘垃圾食品’的意思。你以为我真爱吃啊！”说罢咬下来一大口巨无霸汉堡，一脸的克夫相儿备足无余。柳筱绯心想这女的也忒极品了吧！只听沐国恩笑道：“咱要不换个地方儿？”筱绯点点头，于是两人快步离去。

坐进车里，与他相视一笑，柳筱绯觉得舒服多了，笑道：“这两个二货怎么偏让咱俩赶上了？”沐国恩耸耸肩：“说明咱俩二得有缘。”从副驾座椅前的抽屉里拿出一个鱼香汉堡递给她：“等你的时候儿买的，先垫着吧！”筱绯还真饿了，接过来咬了一小口。沐国恩敞开车篷儿，开上了主路。筱绯想让他把车篷儿扣上，但嘴里有吃的，到嘴边儿的话又咽了下去。沐国恩似乎心领神会，安慰她：“今儿阴天儿，一时半会儿晒不黑。”他哪知道筱绯担心的不是晒黑，而是被同事看到和他在一起。沐国恩应该知道她有男朋友。

| 七、相约 |

茉莉自然非快餐店可比，开业四年多了，陈设却毫不落伍，宜人的气息和舒适的氛围足以令食客胃口大开。既然到了这儿，做东的自然是他。筱绯翻了翻菜单，识趣儿地递给沐国恩，意思是“丰俭由您”，并谢绝了侍者递过来的酒单：“就橙汁吧。”初次饭局，女性当然不宜给对方留下善饮的印象。她也克制自己不用手机给端上桌儿的菜品拍照：无论这顿饭如何丰盛也不能拍照留念上传到微博上去。至于他嘛，用的是老掉牙的一款诺基亚，又黑又小，连拍照功能都没有。“你自己怎么不换个手机呢？”柳筱绯有一搭没一搭地问道。“手机只是我的工具而不是玩具。爱疯的确漂亮，但那些花里胡哨的功能对我来说既不实用也没吸引力，比如说我对用手机到处拍照发微博的做派就不感冒儿。不过话说回来，像您这样的美女如果愿意不时上传靓照，那还真是男性的福音。能请教您的微博账号儿吗？”“干吗总是称我‘您’呢？我有那么老吗？”“误会啊！‘您’是尊称，跟年龄无关……”“那您还是省省吧，我可不愿意被人叫老了。”

被她这么一顿抢白，沐国恩一时语塞。筱绯也觉得自己出语孟浪。怪了，跟此人说话怎么这么放松，这么无所顾忌呢？于是她脸上绽开灿烂的笑容，揶揄道：“告诉你微博账号有用吗？你那手机都不能上网吧！”沐国恩赔笑道：“您圣明！我回家用台式机……”“又‘您您’的，累不累啊？”又噎了他一句，感觉挺得意，搛了块川味儿酱牛柳粒，口感与上回团购相比，强了不是一星半点儿：牛肉烤得恰到好处，好像是五成熟的牛排切成了丁儿，稍加咀嚼，撩人的麻辣味儿就沁入唇齿，顿感酣畅淋漓，无酒自醉。对面儿的胖子看着像是嘴壮的人，倒是不怎么动筷子，笑吟吟地只顾看她。筱绯又忍不住拿他开涮：“要不买手机的钱还是还给你吧！”沐国恩看得高兴，吃得正美，闻听此言，差点儿噎住：“这又何必呢！”柳筱绯见状，不禁笑得花枝乱颤：“你那点儿花花肠子我还不知道？学雷锋是借口，不就是想跟我套瓷吗？”

七、相约

沐国恩毕竟见过些世面，听她这么说，并不急于解释或表白，只是点点头，喝了一大口冰镇奎宁水儿，意思是：“就是想跟您套瓷，不行吗？”这种浑不吝的坦荡态度反而令她无言以对。一时两人无话。过了一会儿，还是筱绯先开口了：“自从有了这个手机，我朋友就开始疑神疑鬼的，问个没完没了，还整天查岗，真是的。”“说明他在乎你呗。”“所以说啊，为了个手机弄得我们俩不愉快，划不来啊。还不如我把钱还了，咱俩两清，也可以名正言顺地给他个交代。”

沐国恩没说什么，切了块鹅肝儿细嚼慢咽，心想：所谓还钱肯定不是她的本意，否则早就把钱拍在饭桌儿上走人了。倘若接受她的建议，饭后她会故作从容地找个柜员机取钱还了这笔人情债，那么此后俩人再也没有任何理由来往了，甚至连偶尔发条短信相互问候都纯属多余。这当然不符合他的期待，而且也未必符合她的期待。沐国恩凝视着她的双眼，尽量化解她的严肃语气：

“不就一个手机嘛，说得好像手雷似的。如果你们的关系足够稳定，旁人就算扔个核手雷也没用啊！干吗非要把你们俩的关系跟我帮你对立起来呢？他的爱情和我的帮助，完全可以兼得。你说他疑神疑鬼，莫非你没跟他说实话吧？”

这下轮到柳筱绯语塞了。的确，当天回家后她就没想告诉璋骏手机是别人送的。以他的性格，他绝对接受不了：自己的女友居然接受旁人这么贵的礼物，简直是对他的羞辱。所以她当天回到家里就坚持说手机被盗后自己用妈妈给的私房钱又买了个新的。看得出来璋骏觉得此事蹊跷，先是连连追问细节，而后也不时旁敲侧击。筱绯当然不能改口，为此还甩了脸子。眼下被胖子说破，未免尴尬，索性转守为攻：“说实话他是受不了，换了你，你能不在乎吗？别站着说话不腰疼。”

沐国恩心道：好，她终于从声称还钱的边缘后撤了一大步！

便不慌不忙地说："要能把他换成我就好喽，我哪有这份儿艳福啊！"筱绯佯嗔地瞪了他一眼，令他心旌摇曳，又跟了一句："由我取而代之，您乐意吗？""呸，做梦吧你！"沐国恩笑得更欢了。几千块的手机，女孩儿丢了心疼得要死，小伙子则因失而复得心生猜忌，青涩得可爱，令他想起自己血气方刚的岁月。女孩儿的脸蛋儿白净细腻，在她这个年纪无需过多的刻意保养，依然飒爽逼人。但物欲如同兴奋剂一样，已经令她从现有的藩篱中探出头来，四下张望。沐国恩知道应该适可而止，便把话题引向小两口儿的年龄、籍贯、工作之类无关痛痒的内容。筱绯已经对他解除了戒备，便一一道来。她是在大三第一学期认识了正在读研的他，渐渐被这个清秀的南方小伙子的执着追求打动，就成了一对儿。原来的首要目标自然是在北京买车买房，过上期待的所谓白领儿生活。现在买车靠摇号儿，购商品房要有至少连续五年的纳税证明或缴纳社保证明，买四五十年产权的商住房又不甘心。受限制固然令人烦恼，更大的问题是两人虽然省吃俭用，挣的钱离首付还差得远，最终肯定还是要向双方父母求助。但两家都不富裕……柳筱绯说得滔滔不绝，见沐国恩听得津津有味儿，突然意识到自己似乎就差把家底儿、账本儿翻出来与他“收入共欣赏，财产相与析”了，而他几乎还是个陌生人呢！

或许是舌尖儿上的美餐激发了灵感，她几乎口若悬河，把多日来淤积在心头的烦恼通通倾泻，一发不可收拾。从对高收入的艳羡到逛专卖店囊中羞涩的无奈，越说越痛快。都说出来，觉得轻松多了，然后画蛇添足地问频频点头的胖子：“我说这么多，你烦不烦？”“当然不！柴米油盐是基本人权，风花雪月不能当饭吃。”“就是！其实我上学的时候儿特喜欢往校刊投稿儿，正经一女文青儿呢！”“何止文青儿，肯定是才女啊！”“才女嘛，有点儿过，其实也差不多啦！”

沐国恩把奎宁水儿一饮而尽，小块儿碎冰从喉头坠入心底：拜金早已成为政治上最流行也最正确的全民性宗教，自己不能免俗，何况这么个小“北漂儿”呢？举目新闻报导，收入、物价、资产、利润、股市、楼市、国民生产总值、国内生产总值，哪个不是钱的问题呢？以前对接班人的要求是根正苗儿红，对知识分子的要求是又红又专，现在车房齐备则成了适用于任何人的评价标准。钱无所不在，也似乎无所不能。老年人相聚攀比退休待遇、子女收入，中年人相逢指点投资渠道，年轻人相约探讨如何发财致富，都说得唾沫横飞，两眼放光，跟打了鸡血一样。想想自己跟窦志强和郁风雷的饭局，固然聊聊时政、文艺、旅游，股市楼市才是最为关心的话题。

曾几何时，“钱”还是谈话中的敏感词呢。他想起小时候父母的朋友来家里做客（当时朋友之间聚会自然是在家里，没钱下馆子），谈得最多的就是“文革”期间的辛酸经历以及别车杜（别林斯基、车尔尼雪夫斯基和杜勃罗留波夫）、《安娜·卡列妮娜》、《乔厂长上任记》和《赤橙黄绿青蓝紫》，自己跟小伙伴儿谈得最多的则是课外书和从团结湖“北伐”的“探险”经历。他们想不到，那时“发现”的一片鱼塘和窑坑多年后成了北京最大的公园：朝阳公园。那时普遍有一种“君子耻言利”的态度，表现了知识分子过于矫情的清高；今天则恰恰相反，无处不在、甚至无所不用其极的物质追求则彰显着赤裸裸的功利性。

柳筱绯似乎意犹未尽，说：“说实话，天天想这些事儿，真是压力山大。我觉得自己都开始仇富了，怎么人人都比我挣得多呢？”沐国恩一听心里凉了半截，脱口问：“那您不是也恨上我了？”“还好吧！哎，仇富也没用啊，塞拉维。”这是她最近跟高璋骏学的一句法语，意思是“这就是生活”。沐国恩此刻已经意兴阑珊，便叫服务员结账。筱绯看饭局就要散了，不禁问：“唉，还没说说你的事儿呢？”“嗨，肥头大耳，贪吃好色，有啥可说的。”这么自我贬低，完全回避了她的问题。筱绯见状，不便再问，便道：“哟，那以后可得防着你点儿。”而后沐国恩送她回家，两人一路无话。到家后筱绯觉得有点儿不对头：从下午到深夜，璋骏一直没跟她联系，怪了。

八、应酬

南方潮湿闷热的气息令高璋骏备感亲切，如鱼得水。与许多在京就业的外省青年一样，虽然希望定居北京乃至移民西方，但对故乡的依恋如同自来水中的杂质一样，心境平和的时候多多少少总会沉淀下来，成为挥之不去的思念。此次出差的最后一站是长沙，距离家乡也就两百多公里，但日程紧张，探亲绝对没戏。话说回来，如果回去的话不好空手而归，总得孝敬二老一番。父母常把这个宝贝儿子挂在嘴边儿，说他很有出息。亲戚们信以为真，以为自己在北京读研究生毕业，站稳了脚跟，发了财似的。可跟长辈总不能置气吧？谁不愿意把自己的儿女夸成一朵花儿呢？

昨晚看望了姐姐一家。姐弟见面自然轻松得多，只是他重操方言略感生涩。姐姐姐夫都在税务局工作，小日子看起来过得挺滋润。外甥又长高了不少，管他叫了声舅舅，看了一眼他买来的费列罗巧克力，就继续低头摆弄爱拍得。璋骏看得着实眼儿热：他学的就是计算机专业，好歹也算货真价实的“挨踢专家”，对当下最时兴的平板电脑怎么会不感兴趣呢？不过盘算再三，牙还是没咬住：省点儿是点儿吧，不就是个玩意儿吗！还是姐姐懂他，低声说：“这是税务局稽核前一个单位送的，再有人送的话就留给你用。”前些年负笈京城七载，姐姐私下里没少周济他。吃饭时姐夫问起他在北京的情况，他自然拣好听的说，报喜不报忧。烦心的事儿偶尔跟姐姐说说罢了，不必直接跟姐夫说，因为姐夫迟早会知道。两杯酒下肚，姐夫的话多起来，老调重弹：在北京压力大、房价高，也没个照应，不如来长沙由他安排在税务部门找个差事。姐姐知道弟弟的心思，但也委婉地劝了两句："就算你打算奋斗下去，女朋友是不是愿意陪你吃苦啊？"

其实他并非没想过来长沙就业，特别是在北京觉得无助的时候。北京气候干燥，人满为患，交通拥堵，竞争激烈。那里的权势、财富、奢华、排场似乎都与他无关。自己混迹于芸芸众生之中，如同西北风中的一粒浮尘，微不足道。可是每当他离京出差，却不由自主地以北京的标准来衡量所到之处：三里屯儿的新锐，大北窑的繁华，紫禁城的威仪，奥运公园儿的辽阔，众多跨国公司和央企，甚至北京话听起来都令他感到亲切。他知道他已经回不来了。在姐姐姐夫看来，他为了满足留京的虚荣损失了太多，来长沙由他们罩着，有什么不好？长沙也是省会嘛；虽说不是主席故里，可也差不多嘛；再过两年也通地铁了嘛；长沙有湖南卫视，风靡全国，风头无二，搞娱乐节目连央视都比不了嘛！

| 八、应酬 |

若在往日，高璋骏自然是低三下四地听他们训导，但近来工作上颇有起色让他踌躇满志，心底里大喝一声：“燕雀安知鸿鹄之志哉？！”他放下筷子，拿出游说客户的劲头，开了腔儿。是，他在北京还没混出来，房啊车啊都没有，但这并不能证明他的努力方向是错的。他目前供职的清泉公司总部设在硅谷（这一点不能不提），业界地位今不如昔，但根据媒体报道和公司内部的传闻，虚拟放大公司即将完成对青云的收购。没听说过虚拟放大公司？那是当今全球领先的云计算解决方案供应商啊！什么叫云计算？简单地说就是使计算机网络共享软硬件资源和信息的计算方式，嗨，说多了你们也不懂。反正被虚拟放大收购肯定是个好消息呗！收购后会不会裁员？可能，但不会把我裁了。因为我是销售部不可或缺的售前工程师，对，是“售前”不是“收钱”。具体工作就是配合销售代表说服客户采购我们的产品。怎么说服？就是让客户相信我们的解决方案（妈的，这个行业里的“解决方案”没完没了）技术最先进，最易于操作，成本最低，还能兼容固有软件。总之在这个公司干，算是没白混。现在挣多少钱？每月差不多一万吧（多说了点儿，不过不算太离谱儿），再说眼光要放长远，不能光看眼前。销售总监已经跟我拍了胸脯儿，年底肯定提拔我（升职后月薪肯定过万）。哎呀，不用给他送礼，他不指着我指着谁啊？明天就要签八百万的合同，这里面绝对有我的功劳。我们和竞争对手在客户那边都有熟人，光靠行贿，哪儿能玩儿得转啊？塞钱谁不会？还得靠像我这样儿懂行的才行。

姐姐姐夫两人对他已经青眼相加了。他越发来劲儿，继续滔滔不绝。你们以为我真会把宝都押在升职上吗？我没那么幼稚。猎头一直在帮我留意其他机会。万一年底不提拔我，我明年过完春节就跳槽（这话有点儿大了）。真的，今年以来，已经有仨猎头向我推荐工作了（只是机会不够好）。放心，不会让老板知道的。再说，你们以为我的理想就是在北京五环路以内买个两居室吗？那你们完全错了，大错特错。北京两千万人，五百万辆车，空气能好得了才怪。二手房价动辄三万一平方米，哪值那么多钱，都是炒上去的！反正我是不打算把孩子生在北京。上幼儿园要赞助费，上中小学要交择校费。其实啊，北京根本不是人待的地儿！

屋里悄然无声。不但姐姐姐夫肃然起敬地望着他，连小外甥也放下了爱拍得，半张着小嘴儿，看他慷慨激昂，侃侃而谈。小孩子听得懂什么，肯定是被自己的气宇轩昂打动了呗。听众的尊重是演讲的最佳催化剂。我三年内的目标，是移民魁北克！魁北克是加拿大唯一的法语省，对技术移民的条件比英语省份宽松。魁北克有多大？相当于三个法国，七个湖南。已经在工体的法语联盟上课一个多月了。咱有英语基础，学法语应该不难（真实感受是比英语难多了，动词变位怎么那么复杂）。筱绯也陪我一块儿学呢（可惜学了两周就放弃了，说是将来指着我）。

姐夫点点头，无言以对。夜色已深，他从容告辞。姐夫主动提出开车送他一程，他连忙谢绝：“现在对酒驾查得严了，您留步吧！”临别时姐姐把爹妈亲手做的腊肉封在塑料袋里递给他，姐夫则嘀咕了一句：“魁北克，是不是比东北还冷啊？”

早上起来，想起昨晚在姐姐全家面前扬眉吐气，未免为自己的逞强争胜感到好笑。但愿天从人愿吧！今天上午要去铁路局，给领导演示新系统，然后签约。下午拜访两个新客户。随行的销售代表最期待的当属今晚的庆功宴。酒宴上销售总监给大家敬酒，最先跟他碰杯：“小高儿这次劳苦功高啊！”说得他美滋滋的，想到这笔生意能给他带来八万块奖金，更加高兴。跟上司和同事吃饭，他从来都放不开，觉得食不甘味。这次他立了头功，心里有了底气，也不再拘谨，大声问：“钱总，饭后有啥活动啊？”“千秋夜总会，顶级包房！”“好啊！”一片欢声笑语。而他只是张了张嘴，没出声儿，不过兴高采烈的表情丝毫没有走样儿。如果说上学的最大收获是掌握知识，上班儿的最大收获就是学会表演：有时需要装无辜，有时需要装可怜，有时需要装能干，还有时需要装勤奋，更多的时候则要装屄。此时此刻他则必须装流氓。据同事说，在销售部只有资深员工才有机会陪总监去夜总会找乐子。自己是头一次应邀，说明钱总开始把他当成自己人了。在座的其他人，都有老婆，钱总的孩子甚至都能打酱油了。这时候儿装清纯，说自己有女友不便出席，轻则被人耻笑（“还没领证儿就这么气管儿炎”），重则被钱总视为不识抬举，跟领导拿糖摆架子。他在这家公司苦熬两年终于走到今天这一步，无论如何不能也不敢得罪上司啊。五粮液和龙虾再次激发了他的口才，最时兴的段子便脱口而出。当他再次举杯的时候，同事好心劝他：“可别贪杯啊！喝多了夜里就没劲儿了。”

夜总会就在市中心，估计是当地最高档的欢场所在，从饭馆儿出来打车不到十分钟的路程。里面灯火辉煌又暧昧迷幻。已经有人在包房等着他们了，高璋骏认出此人是客户单位的高管。钱总连连道歉："让您久等了！"然后招呼领位："把你们的头牌都请来！"只听呼啦啦一阵脚步声，偌大的包房里站满了四排女孩儿。客人先挑了一个衣着暴露的姑娘，搂着她坐下。钱总一拍高璋骏的肩膀儿："小高儿，你来！"不待他犹豫，钱总又发话了："你立了头功，还跟我客气什么？"高璋骏举目看去，几十双眼睛都盯着他，简直不知道该往哪儿看了。不能再犹豫了，他尽量摆出老到的派头儿，示意头一排的姑娘散开，让后排的女孩儿走上前来，然后选了个高个儿女孩儿。其他人也找好了伴儿。钱总吩咐上酒水果盘儿，专心招待贵客。璋骏顿觉如释重负，与姑娘对视一笑，觉得她比筱绯还要年轻，就拿了瓶儿贝克啤酒，自顾自喝起来。只见客人举起话筒，沙哑的声音顿时充斥了耳鼓。高璋骏和女伴儿都不由得张大了嘴巴，仿佛有人在耳边点燃了闪光雷一样。璋骏忍不住在心里诅咒起发明伴奏设备的日本人来。女孩儿轻轻靠在他身上，凑近他的耳朵，柔声说："帅哥，给我拿瓶科罗纳好不好？"姑娘香气袭人，令他狂野躁动。

把酒瓶儿递给她时觉得姑娘的手很凉，忍不住握住了。两只手掌心相对，手指交叉，拉在一起。姑娘又开始跟他耳语，但别人唱得兴起，他听不清楚，也懒得应对。在五光十色的频闪灯中，一切都显得虚无缥缈，光彩照人。过了不知多久，客人带着女伴儿先行告辞。钱总略加挽留，然后殷勤地送出门外。回来后，钱总似乎轻松了很多，连唱三首。高璋骏边喝彩边鼓掌：平心而论，钱总的嗓子真不赖。“小高儿，一晚上还没听你唱过呢！来来来！”话筒已经递到他的手里。唱个什么好呢？“我就会几首二重唱……”“二重唱好啊，你又不是没伴儿！”他问她：“嗯，《明明很爱你》会唱吗？”“当然会，我最喜欢唱这首啦！”平日去歌厅，这首歌算是他和筱绯的保留曲目。女孩儿嗓音挺甜，与他配合默契。钱总笑道：“你们俩莫非事先练过啊？哟，还真有点儿夫妻相！”曲终人散，别人都带上女孩儿回饭店，高璋骏略一犹豫，也拉上女伴儿，与钱总他们挤进一辆出租车。他几乎能听到自己的心跳声。女孩儿顽皮地一笑，把头靠在他肩上。

一进客房，他连忙把门锁上，觉得口干舌燥，端起桌子上的赠饮喝了一大口，尴尬地看了看女伴儿，低声说：“今儿有点儿不舒服……”“看不出来啊！真的假的？我们女的每月有那么几天不舒服，那是没办法，你个爷们儿怎么也……大哥莫非不喜欢我？”“我，我是有女朋友的人。”“那又怎么啦？泡夜店又不是征婚，非得光棍儿才能去！你嫌我不漂亮？”“不是，你挺好看的，有点儿像我高中同学。”女孩儿扶他坐下：“哈，那肯定是你的初恋情人了。”“差不多吧。很久以前的事儿了。”“说来听听，乖。”

其实哪有那么久，距今还不到十年呢。那时他是埋头苦读的好学生，她学业平平，但田径成绩出色。两人并不同班，只知道对方姓名，谈不上有什么交往。校运动会的百米赛场上，她冲过重点后失足摔倒。众目睽睽之下，是他英雄救美，把她拉起来。她这才意识到这个书呆子怜香惜玉的柔肠，两人顺理成章地成了朋友。枯燥的功课，高考的压力，青春的活力和叛逆，老师的干预，都成了催化剂，使得中学的初恋异常甜美。在那个无须操心收入、晋升，也不惦记住房、汽车的年纪，能与对方天天见面，散散步，拉拉手就乐不可支了。共享一包儿瓜子，一份儿麻辣烫，无疑是最高享受，至于路易威登、香奈儿什么的，似乎根本就不存在。高考发榜后，他要北上京城，她则考上了湖南农学院。小情侣在分手前，向对方献出童贞，两个人的纯真时代就此结束。

“哇，好浪漫啊！你们后来还有联系吗？”“没有。”他对筱绯也这么说。其实刚上大学那会儿，两人常互发电邮，直到先后开始新的恋情。几年后他收到了她的结婚照：咦，当时眼里的天仙，不过如此啊！

“你看这么着吧，这些钱你拿去，就不必陪我了。”姑娘看看他掏出来的几张百元钞票，撇了撇嘴：“你不会是真的有病吧，帅哥？再给一千吧！我会好好陪你玩儿，比你女朋友对你都好。”

她抓住他的手，放在她的腿上，开始吻他的耳朵。悄无声息地过了一会儿，他终于忍耐不住，脱下了她的上装。

九、接驾

把柳筱绯送到三里屯路南口儿，道别后沐国恩无声地打了个哈欠。此刻手机响了起来。他看了眼显示屏，按下接听键，喝道："放！"只听窦志强气沉丹田地吼："放个屁！""放屁也要找我？""不找你找谁？我和潘公子在北京亮喝多了，你丫过来送我们回家吧！"沐国恩没反应过来：什么潘公子？开口道："把我当碎催啊？你们俩大活人，不会打车吗？""你是没看见，丫喝得真不少！出租车司机最不愿意拉醉汉了！""得嘞，我去就是了。我这下岗中年，也算让你们废物利用一回。""欸，这才叫哥们儿呢。”

工体北路和东三环的繁华与拥堵相辅相成，相得益彰。沐国恩赶到银泰的时候儿，十点刚过。人们从办公楼里三三两两地走到路边，向路过的每一辆出租车招手。有时候明明看似自己拦下的车却由于惯性停在别人身旁，而那人近水楼台，倒也当便宜不让，于是自认倒霉，只得更加用力地挥手，如同求救一般。沐国恩不无同情地看了看这些打车人，感同身受地想起：此刻恰是报销的票儿的临界点——不少单位规定加班儿到十点才有资格报销回家的出租车费，员工也就心领神会地按时下班儿。这种劳资之间的默契令此刻的出租车供不应求，劳碌一天的的哥们多少有些志得意满。等这帮人散尽后，行情便急转直下：出租车逐渐在周边办公楼外排成长队，俯首帖耳地等待更为勤奋的职员下班儿。司机如果幸运的话，能赶上家住西四环的主顾；不那么走运的，去趟双井富力城便折回来继续趴活儿。当然，更不走运的是赶上醉汉的纠缠，甩不掉就只好拉上他们。如果碰上借酒撒疯的，不但说不清目的地的位置，还把七荤八素都吐在车里，跟这帮人还急不得，总不能打丫一顿吧。

北京亮既是餐馆儿又是酒吧，位于柏悦酒店顶层。从大堂乘坐的电梯最高到63层，换乘另一部电梯才能到达。酒吧里云山雾罩，灯光闪烁，人声嘈杂，好一派醉生梦死的狂欢盛景。沐国恩立马被汹涌而来的享乐大潮席卷，如同一缕海草飘来荡去，过了一会儿才在把角的餐桌上看到面泛潮红的窦志强。他招呼沐国恩坐下：“这位就是潘摧锋少总，年轻有为的企业家……”“如雷贯耳。”沐国恩截住话头儿，“听窦老弟说，您天天把几万元的提包当白菜卖？”“窦总取笑了，”小潘已有了几分醉意，“要是手包儿像白菜一样好卖就好了。”说罢抿了口龙舌兰酒，俯瞰灯火辉煌的长安街，轻轻叹了口气，一副“谁会凭栏意”的惆怅。

沐国恩冲窦志强挤挤眼：“怎么回事儿？”窦志强低声道：

“谁知道啊？前几天约我今儿过来共进晚餐，聊聊怎么推介五道营儿那个高级餐馆儿。正聊着一半儿，他突然接了个电话，看起来是跟他媳妇儿戗戗上了，撂下电话就开始灌酒。问他出什么事儿了，死活不说。”一时三人无言，默默看着窗外的夜景。国贸三期落成以后，二百五十米高的柏悦酒店丧失了京城制高点的桂冠。北京亮也被国贸80层云酷酒吧抢去了些风头，但与后者相比，单位幕墙尺寸更大，视野更为开阔完整。

一位衣着入时的年轻女性款步经过他们的餐桌儿，冲着手机似乎故意大声说：“今儿下午我去了个挺文艺的地儿，798，不是酒吧……”这个不经意的包袱把仨人逗乐了。窦志强差点儿把酒喷了出来：“笑得我胳膊都觉得发麻。”“那跟笑没关系，是颈椎的问题，脖子短的人都这样儿！”沐国恩笑着接过话茬儿。潘摧锋也一扫愁容，开始打趣儿：“现在好像人人都愿意装文艺范儿，是不是说明大家逐渐意识到光有钱是不够的，心灵上的启迪和满足同样重要？”沐国恩点头道：“有理。即便开始是附庸风雅，耳濡目染，文艺范儿装久了，难保不受熏陶。”“装文艺范儿得花大价钱添置行头，对生意人来说真是天大的利好，”小潘说，“你知道我叔叔摄影水平其实相当一般，两年前竟然花了几万元买了个徕卡 M8.2。我都嫌贵，他反倒毫不心疼银子。”沐国恩和窦志强默契地对视一眼，心里说：“他当然不心疼，钱又不是他花的。”这话当然不能说出口。窦志强说：“看来潘少总对摄影很在行啊！”潘摧锋摇摇头：“跟您说过多少次了，叫我‘小潘’就是了。对摄影不敢说在行，瞎玩儿而已。听五棵松摄影器材城的店主说，20 世纪 90 年代末，哈苏 503CW 套机两万左右就能拿下，如今光是 503CWD 机身加上数码背就得上十万元了。”“是啊，这还没算买镜头的钱呢，”沐国恩续道，“我留恋中画幅胶片相机，部分原因就是价格相对便宜。哈苏数码套机动辄十几、二十万，实在是望机兴叹。”小潘也来了兴致：“你知道这些烧包的机器都被谁买了吗？”“谁？器材发烧友？”“非也。摄影师、爱好者估计都跟你一样只能流哈喇子。据那些店主说，哈苏、禄莱这些中画幅数码儿单反大都让行贿的买了送给当官儿的了。”

在窦志强、沐国恩看来，潘摧锋虽说是官宦人家的子弟，跟他们倒是有什么说什么，相当直率。窦志强见他话题总是围着送礼、行贿转，有点儿不自在，心想生意场上身不由己嘛。小潘好像有所觉察，说：“当然，换了我是他们，该花的钱，一分也不能少花啊。”窦志强转而问道：“您平时用什么相机，拍什么题材？”“我嘛，现在常用的也就是佳能 1D 马克思 (Mark IV)。以前爱拍风景，现在也拍人物。”“拍人？”沐国恩好奇起来，“是拍美女吗？”“哎，一言难尽。”窦志强看出小潘颇想一吐为快，便说：“北京亮虽说靓，却不是踏踏实实说话的地儿。闹哄哄的，放个响屁都听不见。不如去六层的‘秀’，找个小隔间儿慢慢儿聊如何？”小潘长出口气，道：“也罢，跟两位大哥唠唠家务事，不算寒碜。”

“秀”的隔间儿果然要清静得多。沐国恩要送他们回家，不能喝酒，便点了雪碧和炸鸡块儿，听小潘倾诉衷肠。“不怕二位笑话，我现在拍人像就跟做贼一样，得瞒着媳妇儿才行。”窦志强苦笑着点头：“理解理解。”沐国恩也笑着说：“老弟你这就不对了。家里有现成的却去拍外人，尊夫人哪能乐意哪？”“这您可真冤枉我了。自打认识她那天起，她一直是我的首席模特，到现在都八年啦！还要怎么样啊？凭咱这水平这设备，追求追求艺术，不为过啊。再说我是真拍照，不是乱搞啊！”看小潘一脸苦相儿，俩人都乐了。窦志强道：“女人嘛，可不都这样。我跟媳妇儿上街，遇上仙女下凡，也不敢多看一眼。再说你是不是另有所图，谁敢打保票？”沐国恩帮腔说：“你媳妇儿还真不是瞎操心。据说摄影师跟时装模特的关系异常亲密，甚至堪称暧昧。只有这样才能充分了解美女的音容笑貌，捕捉到她们最美的一瞬。”窦志强接着说：“人家把你看得紧说明心里有你啊！这样的艳福，能把老沐这样儿的老光棍儿羡慕死。就甭跟这儿得便宜卖乖了吧！”说罢吐了口烟圈儿。

潘摧锋正色道：“我以前也觉得她吃醋是因为爱我，眼里不揉沙子。不过现在看来没这么简单。婚后我混得不赖，她在单位也步步高升，已经当上了财务总监。房啊车啊都不缺，可是她却越来越没有安全感。照起镜子来没完没了，什么‘老了老了’的整天挂在嘴边儿，其实她跟我年龄相当啊！”窦志强似有同感，说：“三十岁左右的女性可能都有这种危机感，担心沦为所谓‘豆腐渣’吧！”小潘接着说：“不只是危机感爆棚，兴趣爱好也是判若两人啊！以前她喜欢弹钢琴，打网球，还愿意跟我一道看芭蕾舞、听音乐会，现在业余时间就是按摩、足疗、瑜伽、护肤、养生外加温泉浴，跟古代的皇上似的梦想长生不老。前几年我们旅游，八成儿的时间用于观光，两成儿时间用于购物。如今是八成儿时间购物，两成儿时间用于盘算购物和休闲。不知道的，都夸我媳妇儿是‘气质美女’，其实回家跟我说的就是家长里短儿、明星绯闻那些事儿，老娘们儿似的。如今真是没心思给她拍照，不是因为什么审美疲劳，真正原因是她的确不像以前那么可爱了。”说罢连连摇头。

沐国恩插嘴说：“这我就不明白了。婚前风花雪月，婚后柴米油盐，你又不是毛头小伙子，这种转变早该料到啊。”窦志强也帮腔：“是啊。女人光鲜亮丽，谈吐优雅，举止有度，要么是工作需要，要么是社交需要，都是给外人看的。要是回家还这么端着，累不累啊？下厨也穿晚礼服，你就算不笑死也得气死。关起门儿来过日子，哪儿来那么多哩格儿楞？情调儿不是不能有，但是得先把媳妇儿哄开心了再说。”“这道理我当然懂。可是把她哄开心了，我就不开心了，还有什么情调儿？我说今儿天儿好，一块儿开敞篷儿兜风吧！她一皱眉：紫外线照射多厉害，涂防晒霜也挡不住啊！我说傍晚的时候儿去颐和园拍日落，她说：等捏完脚再说吧。我说：等您捏完脚天儿都黑了，要不您捏您的脚，我跟您告个假，自个儿去拍照如何？嗬，这可了不得了。她跟吃了枪药一样，立马儿炸了：是一人儿去吗？跟谁去啊？嫌我多余了是不是？然后挨个儿数落我手底下的女员工：这个骚，那个媚，不是狐狸精就是白骨精。有时候真觉得这日子没法儿过了。莫非真应了三国里那句话：'天下大势，合久必分，婚久必离？'"

"休得胡言！"窦志强打断他，"你这叫游戏婚姻，歪批三国。离婚离婚，你以为离婚是那么好玩儿的？"沐国恩说："按说我这老光棍儿根本没资格奢谈什么结婚体验，不过对当年窦总离婚的事儿还是记忆犹新。他当时精神恍惚，形销骨立，连脖子都瘦成细长的了。一见我，开口就是他跟前妻那点儿事儿，整个一祥林嫂。"窦志强白了他一眼，心想：我当时有那么没出息吗？又对潘摧锋说："他这是给我留面子呢。真实情况比这还惨。影视剧里把离婚说得好像过家家儿，就跟无痛人流儿的广告一样，不能当真。你要真准备抽筋扒皮一回，我们也不拦着，当然也拦不住。”“就是嘛，”沐国恩接过话茬儿，“不就是在一块儿待久了有点儿腻味吗，多大点儿事儿啊！”

小潘见窦、沐二人劝得恳切，便找补起来：“我也就是那么一说，没打算跟她翻脸。可是她天天这么严防死守，谁受得了啊？吃晚饭的时候正跟窦总聊到兴头儿上，她突然打电话跟我发飙，说是从我电脑里翻出陌生女孩儿的照片儿来。”“瞧，还是你不对在先嘛！”窦志强说。“无非几张时装照。两个月前卡地亚打算在《嘉人》杂志登广告，请摄影师给几个模特拍照。我在旁边儿看着技痒，也凑热闹拍了几张。就为这不依不饶地，至于吗？”“事先不请示，事后不汇报，你简直成了潘汉年第二，难怪丧失组织上的信任啊！”窦志强半开玩笑道，“你要是光棍儿也就罢了，这对于有妇之夫就叫作无组织无纪律。你说光拍照片儿没干别的，谁信呢？女性在这方面特别富于想象力。你出嫁又不是一天两天了，怎么会不知道？人家气就气在你明知故犯。”“那你说我该咋办？回家跪搓板儿不成？”

窦志强放下酒杯，也开始喝雪碧：“负荆请罪是必须的，但还得从长计议。你说她缺乏安全感，那就让她觉得安全呗。你们俩结婚有几年了，又不缺什么奶粉钱，就没想过生儿育女吗？”“这事儿……我们商量过。刚结婚的时候贪玩儿，打算过几年再说。现在她总是跟我戗戗，我都开始担心婚姻维持不下去了，哪儿有心思……”窦志强又喝了口冷饮，若有所思：“让我好好想想。小潘，你少年得志，事业有成，长得又帅，‘潘驴邓小闲’都占全了。是不是心里有了别人？”

小潘闻言登时变色，良久无言。沐国恩瞪了窦志强一眼，心说：“何必说破他的隐私呢？”窦志强点点头，说：“今儿酒喝多了，话也说多了。清官都难断家务事，我又何苦瞎掺和呢？差不多了，咱也该回家洗洗睡了。”于是站起身来。不料潘攉锋却开口了：“其实婚后我还算老实吧！只是在两年前经人介绍认识了个女孩儿。”窦志强安然坐下：“不出所料。看上她了？”“不是我吹牛，这么些年也算会过不少美女了，像她这么让我动心的真是独一无二。她说要去法国学时装设计，但家里供不起。我想都没想就给了她五十万元，然后就是一直联系不上，直到最近来信说要回国找我。”沐国恩忍不住插嘴：“就这样儿的人品，你还念念不忘啊？”

“我以前泡妞儿，轻而易举就能得手，久而久之就乏味了。没有头脑的美女，对我来说就像快速易耗品，图个新鲜而已。她跟她们完全不同：有艺术气质，言谈话语能启迪心智，激发灵感。就算把她抱在怀里，也能感受到她的心灵如闲云野鹤般飘逸。我知道她也许仅仅在利用我，可我就是忍不住要帮助她，满足她，不惜一切。”窦志强无奈地说：“你放着好好的日子不过，只为追求虚无缥缈的真爱？这不是犯贱吗。”沐国恩也忍不住了：“你要是光棍儿，追她是发疯；结了婚还不死心，简直就是自杀。像她这种女孩，可能除了自己，不会爱任何人。艺术家往往具有非凡魅力，可是你看看艺术家的配偶过的是什么样的生活。别幻想跟她在一起能过上什么神仙般的日子。她现在愿意继续跟你来往是因为你能资助她，她一旦攀上高枝儿或者功成名就就没你什么事儿了。无论她有多迷人，这段恋情有多疯狂，你如果一意孤行，最终肯定被她弃之如敝履，就像《卡门》里的唐•荷塞一样。”“对啊，你为了她离婚，她才不会当回事儿呢。如果等她把你甩了之后，你才意识到现在的家庭有多可贵，那才叫悔之晚矣。”

小潘被说得双手抱头：“我知道你们说得都对，可我就是欲罢不能啊！”沐国恩说：“你情场得意惯了，觉得吃不到的葡萄才是最甜的。你上赶着追她，她爱搭不理，虚以委蛇，你还觉得受宠若惊，心花怒放，觉得自己特无私倍儿崇高，被自己超凡脱俗的高尚所感动，很有成就感，对不对？你以为自己是她的白马王子和大救星，其实在她眼里，你顶多算是钟楼怪人卡西莫多，可以当作靠得住的朋友，离终生伴侣的标准还差得远。当她不再需要你帮助之日，就是她离开你之时。她上回从你这拿了钱就不再搭理你，现在跟你联系貌似为了重温旧梦，其实更可能是利用你找份像样儿的工作。你那么聪明，这都看不出来？”

窦志强续道：“退一万步，就算你跟她好上了，又能如何？仙女和王子结婚后，照样儿得过凡人的日子，你迟早会发现新的关系越来越平淡无奇，越来越像你今天的夫妻生活。艺术家也会渐渐老去，灵感枯竭，出现危机感，开始更年期。你已然经历过尊夫人从大姑娘变成小家妇的全过程，莫非打算换成她，重新来过？等这位时装设计师也不再年轻时，再换个人？”沐国恩不失时机地帮腔：“您要真打算这么玩儿，可得相当有钱，相当能折腾才行啊！”

一番忠言说得小潘频频点头：“两位大哥明鉴！我还是踏踏

实实回家耕责任田吧。”窦志强道：“这就对了。咱也该撤了，服务员！”小潘抢先结了账，说：“今儿听二位教导，感激不尽，窦总就甭跟我客气了。”三人于是离席，驱车而行。沐国恩先把小潘送回家，脱口而出：“想不到这小子这么冲动啊！”窦志强道：“被媳妇儿打压得太久，总得发泄发泄嘛！据我所知，他也就是说说而已，才不会离婚呢。”“怎么讲？”“我听他叔叔老潘说过，他媳妇儿家相当有钱，小潘的生意很大程度上有赖于岳父的提携。所以在他羽翼丰满之前，最多也就是偷腥罢了。”

哥俩儿告别时窦志强说：“光顾跟他瞎掰扯差点儿忘了正事儿。他推介饭馆需要招个助手，将来主要工作就是帮他拉客户，游说别的单位去那个饭馆儿聚餐、宴请、开培训会研讨会发布会什么的。你认识合适的人选吗？”沐国恩说：“你们俩都有自己的公司，人都是现成的，还问我干吗？”“我那儿可没闲人可用。他说他专卖店里的售货员干这个活儿没经验。前些日子他打算从高档饭馆儿挖人过来，面试了几轮儿，看中了一个，但两天前那个女孩儿在微博里暗示她怀孕了，小潘只好另请高明。”“我试着找找看吧，”沐国恩说，“那个饭馆儿在哪儿啊？”“这是饭馆的名片，还在装修，不过快开张了。”

十、中秋

秋高气爽。上个月还炙热难耐的阳光逐渐温柔和煦起来，照在身上，如同被宠物温暖光滑的皮毛摩挲一样舒服。尽管西尔维亚每次都让沐国恩直接到阅微庄四合院儿与他们会合，他则坚持提前半小时在励骏酒店接上西尔维亚。上午九点半，他照旧把车停在励骏门口儿，殷勤地为她拉开车门儿：“中秋节快乐！”西尔维亚点头致谢，问：“中秋节是不是要吃月饼啊？”“嗯，传统上是这样。不过那玩意儿皮儿忒硬，馅儿太甜，我从来都不喜欢。吃月饼据说有上千年历史，但是论口感，我觉得比西式糕点差远了，也没打算买俩请您尝尝。不过我预订了今晚皇家驿站的饭局，在顶层露台既能赏月，又可眺望紫禁城。来不来？”“好啊！听说那个馆子挺不错的。”“多谢您赏光，格拉扎诺女侯爵！”

西尔维亚抬眼望着他，不无惊讶地问：“你怎么知道这个头衔儿？”“这还用问吗？我虽然愚钝，‘维斯康蒂’这个姓氏毕竟过于独特，令人过目难忘。上网一查，就能找到您煊赫的祖先。再加上一点儿耐心，不难在意大利贵族谱系中找到您芳名的全称：西尔维亚·维斯康蒂·迪·莫德罗内。”“没想到你对我还挺上心的。”“呃，贵族的气度很难掩饰，举手投足都看得出来。上次在基辅餐厅，你拿刀叉的姿势就特有派头儿。还有，上个月底去国家大剧院看《弄臣》，我问来京献艺的帕尔玛皇家歌剧院是什么来头，你不假思索就说出那是帕尔马女公爵玛丽·路易莎于1821年创建的。当时我就想：您说不定也是名门之后呢？”“什么名门之后，落魄贵族罢了，不值一提。开车吧。”

他们刚到东四四条东口儿，就看见卡佩夫妇从胡同儿里挽着手迎出来。这老两口前些日子先是泡在故宫西华门内的中国第一历史档案馆查阅清代皇室档案，后来又去白石桥的国家图书馆检索相关资料。今天的目的地则是文津街 7 号院的国家图书馆古籍馆。沐国恩以前曾来过多次，想当然地以为馆舍是古建筑改造而成。但卡佩先生告诉他，此处原本是清代御马圈和公府操场，80 年前的 1931 年 5 月，国立北平图书馆在此地竣工，这组中国宫殿式建筑的设计师其实是个名叫莫律兰的丹麦人。而且图书馆的建设经费居然来自退还的庚子赔款，其内部设施在当年堪称世界一流。在那个时代，中国的进步似乎总是和屈辱相伴，令沐国恩百感交集。

前两天沐国恩陪西尔维亚来此接洽过，今天卡佩夫妇没费什么周折就登堂入室，去清史文献中心查阅古籍去了。沐国恩抚触图书馆大门口儿的石狮子和广场上的华表，知道它们原本是圆明园的旧物，后移至燕京大学，最终在文津街落脚。由于搬运工粗心，国图的华表和燕大剩下的那对华表都是一粗一细，不成对。再看看图书馆的汉白玉栏杆，与华表虽然隔代，好在风格统一，颇为搭调。其实如果在图书馆的外观设计中纳入些许西方元素，也未必唐突。1915 年改建正阳门箭楼时，德国建筑师在加宽的端墙上增建汉白玉抱柱栏杆形成眺台，为箭窗加盖文艺复兴风格的弧形遮檐，还在瓮城城墙断面儿增添月牙形的西方图案花饰，与古老的箭楼浑然一体，可谓锦上添花。而公共图书馆的概念本来就是舶来品，建筑上带点儿洋气儿更是顺理成章。

院落开阔素净，馆舍华美轩敞，仿佛与墙外功名利禄的红尘完全隔绝，真是个值得静下心来读书的好地方。西尔维亚靠着文津楼的栏杆，看一本挺厚的小说儿。沐国恩则一点儿阅读的兴趣都没有。上学时废寝忘食读书上瘾的日子恍如隔世。近几年来看过的书似乎只有欧洲旅游图册和相机的使用说明书。网络早已成为他获取信息的主要来源。年幼无知的时候，遇到读不懂的地方，就咬牙看下去，似乎只有如此才算勤奋。大学毕业以后，在阅读中遇到疑难问题，却往往不求甚解，甚至忽略而过。不知这是成熟的标志，还是衰老的先兆。

尽管无心阅读，图书馆浓浓的书卷气依然令他沉思默想，回忆起上学的日子。除了令他动心的女生，给他印象最深的莫过于公开课、写作文儿和查字典。

似乎有人把公开课比作演戏，他觉得这么说未免过于刻薄。倘若真要这么讲，那么这幕戏也不过是有个大概其的脚本儿，即兴发挥的成分居多。他在上小学时有幸就教于一位常常公开授课供同行观摩的特级语文教师，其中颇有几堂课作为范本在厂桥的北京电化教育馆录像。为上课，他们得乘公交车去电教馆。当时北京的出租车几乎都在酒店等候老外，不必扫街拉活儿，再说他们一群小不点儿也打不起，就算打得起学校也不给报啊。区区挤车去上公开课这么点儿事儿，也足以让外班的同学眼儿热了。多年后他曾兴冲冲跑到电教馆购买当年的录像带，却被告知 1984 年前的磁带已经老化，不堪使用了。哎！

倘若那些录像得以保留，现在看来，公开课还是挺好玩儿的。学生轮流背古诗是开胃菜。同学里有几个玩儿“一招儿鲜”的。某女不背则已，张口则必背岳飞的《满江红》：“怒发冲冠凭栏处，潇潇雨歇抬望眼……”无比悲怆的表情加上独树一帜的断句令他至今对这位姿色平平的才女面貌姓名记忆犹新。而一位刘姓发小儿的固定节目则是“大风起兮云飞扬”，不为凭吊两千多年前的疑似祖先，而是因为他就对这首短诗词儿熟。沐国恩一般选择“不破楼兰终不还”“何须生入玉门关”之类的尚武边塞诗。郁风雷有一次出了个妖蛾子，背了首打油咏雪的绝句：“江山一笼统，井上黑窟窿。黄狗身上白，白狗身上肿。”

接下来无非是划分段落、概括段落大意、逐段分析、总结全文中心思想之类常规套路。孩子们在课堂上踊跃发言，甚至为划分段落争得不可开交。回想起来，文章讲究意思连贯，一气呵成，纠缠该分成四个段落还是五个段落抑或是某个自然段的归属，似乎有点儿瞎掰。至于总结所谓中心思想，必然遵循以下句式：通过描述十八勇士飞夺泸定桥的壮举，歌颂红军的英勇无敌；通过描述桂林山水，抒发对祖国大好河山的热爱。如果是抒情散文，这个公式用起来就别扭了：通过抒发对母亲的热爱，表达的……还是对母亲的热爱！

重头戏自然是就词句段落、写作技巧的剖析，堪称对师生配合、现场发挥的最大挑战。据传确有公开课是完全事先安排好发言人选、发言顺序和发言内容的，不过师生毕竟不是专业演员，容易穿帮不说，未免太过无聊。其实如果师生毫不怯场，争先恐后，各抒己见，更有可能出现警句妙语，达到超水平发挥的效果。

| 十、中秋 |

记得在讲《卖火柴的小女孩》的时候，礼堂里挤满了旁听的老师，闷热异常。尽管正值数九寒天，大家都满脸通红，恰似熟透了的西红柿，讨论之热烈可见一斑。同学们纷纷慷慨陈辞，痛斥悬殊的贫富差距乃至整个万恶的资本主义人间地狱。有人说街头小贩的幻想与现实恰成鲜明对比：幻想的美好反衬了现实的丑恶；有人跟进：是啊，幻想越美丽，现实越残酷，小贩对美好人生的向往如同火柴一样熄灭在冰冷的大街上；窦志强则把发言带入高潮，甚至为整个公开课定了调子：熄灭的仅仅是一个小女孩儿的幻想吗？劳动人民对美好生活的向往、对幸福人生的渴望，都被人吃人的社会给扼杀了嘛！此言一出，礼堂一时鸦雀无声：这样高屋建瓴、鞭辟入里的发言竟出自小学生之口，太难得了！此刻下课铃恰到好处地响起，老师见好就收：要求同学们掌握的词语，回头再告诉大家。画线词儿，这是最没有技术含量的了。

学文章是为了写文章。这位特级教师和他爸都让他多动笔，可谓所见略同。题材不拘一格：春花秋月、冬虫夏草、发奋读书、乐于助人，从大扫除运动会到逛公园看电影，不一而足。腹中空空写不出来咋办？谁叫你平时不注意观察生活，积累素材哪！得，写完了老师布置的作文儿，还要对付老爷子的加码儿。当时一家人挤在三里屯的斗室栖身，作文儿智力便秘，有时不得已躲进筒子楼的厕所里图个清净寻找灵感，实在苦不堪言。当年搜肠刮肚，写不出东西来，固然是“不注意观察积累”所致，阅历少没见识也是主要原因。成年人睹物，或思人或伤怀或忆旧，小孩子没心没肺，有何人可思可怀可伤可旧可忆呢，为赋新词强说愁罢了。

无米下锅，写不出自己的东西，就只好模仿成功之作了。于是各种各样的写作描写手册应运而生。这种文选就像是后来的搜索引擎，按照主题将名作片断分门别类，在一本册子里可以拜读到王、杨、卢、骆笔下的风花雪月以及韩、柳、欧、苏笔下的春夏秋冬，当然英、法、德、意、俄、美、爱尔兰、阿根廷的洋炮

一门也不能少 。

找好了题材就可以转了。基本套路无非先分述后总结，或者先总结后分述，要么先总结后分述再总结。别嫌烦，上了大学，美国来的老师教英语写作，乃至应付托福、GRE之类的考试，还是这一套。就连投行、律所呈送客户的交易建议书，也离不开这三板斧，真可谓放之四海而皆准。

为了应付作文儿考试，编故事的招数儿差不多都用尽了：父母永远废寝忘食，总有忙不完的工作；与他颇有隔阂的邻居，成了助人为乐的爷爷奶奶；哥们儿跟别人打架留下来的伤疤，则是见义勇为斗歹徒的证明；今天多了个从香港归来的舅舅；明天要去感谢曾在深夜无偿送他回家的出租车司机（哪儿有的事儿啊）……上了中学，作文中的杜撰就比较老到，不留痕迹了。开篇往往是高尔基或是伏尔泰的名言，至于他们本人是否真这么说过，恕不提供引文来源，麻烦阅卷老师自己动手找吧。相对保险的写法是“记得一位伟人说过”，或者“曾有位著名思想家指出”。老师心里恐怕也跟明镜儿似的：所谓伟人、思想家，就是学生自己。似乎也没有谁点破这种无害的虚张声势。

学文章有阅读的乐趣，写文章有创作的乐趣，而查字典似乎就没什么乐趣，可是不查又不行：小时候识字有限，阅读中遇到个把生字，连蒙带猜也就过去了，生字多了就招架不住了。至今在家翻阅《古文观止》里《滕王阁序》那一篇，还可以看到二十多年前标注的汉语拼音呢。何况面对把同学难倒的生字，自己不带打嗫儿地朗声读出，又装得不当回事儿，享受大家的刮目相看，感觉实在妙不可言。

真正觉得查字典有意思是上大学以后的事儿了。淘汰翻烂的《牛津双解》，从校图书馆买到了盗版的《美国传统辞典》，真有鸟枪换炮的感觉。首先是体量大，相当于俩笔记本儿电脑摞在一块儿，就是一大号儿紫红色板儿砖。用袖珍字典、简明英汉的，都不好意思往外拿。有点儿像如今他挂着歪把子移轴相机 Plaubel 69W ProShift 这大黑疙瘩招摇过市的时候，用数码卡片机的同志们往往肃然起敬。翻开一看，没一个中国字儿，纯英语解释，用的音标也跟所谓国际音标不同。除了这些唬人之处，每个单词的构成和来龙去脉都解释得清清楚楚，告诉读者某个拉丁或希腊词语如何演变成古法语，继而被中古英语吸收，再变成现代英语词汇，并注明了每个词出现的年代。更妙的是，字典的图解说明了腓尼基字母演变成各个拉丁字母的过程。

当然英英辞典也不是尽善尽美。化学元素等专有名词，查英汉字典肯定要比查英语原文定义便捷得多，加之由于主要面向母语读者，绝大部分词条偏重于释义，不提用法或者仅提供个把例句。不过，《美国传统辞典》和后来使用的《梅里亚姆－韦伯斯特大学词典》都不吝笔墨，区别了容易混淆的近义词，并纠正了普遍存在的语法错误。治学的缜密远胜《现代汉语词典》，家藏最权威的汉语字典《辞源》也未必能与之匹敌。他仿佛回到了十多年前大学图书馆的阅览室，晚霞洒在实木书桌上，雪白的页眉和彩色的插图都浸在余晖里。

不过现在的确夕阳西下了。沐国恩从搁在后备箱的相机包里取出禄莱双反 2.8GX，把相机包儿单肩斜挎，相机的牛皮背带则挂在脖子上。悄无声息地走过去，打开腰平取景器，过片、构图、对焦、测光，随即按下快门儿。嗑瓜子儿一般的轻响还是惊动了西尔维亚。她放下书，略显吃惊地望着他："都什么年代了，你还用这古董相机啊？好像是我爷爷那一代人用的东西吧。""这玩意儿操作简单，适合我这样儿的笨人用。再说这是 2000 年推出的禄莱公司纪念版，有内测光功能。你爷爷用 2.8F 的时候还得配个测光表吧？""记不清了，"她迷茫地摇摇头，"至少有五年没见有人用这种相机了。”“看来你爷爷不但高寿，身体也挺硬朗，还不忘找点儿乐子。”“不，是结婚不久后，我丈夫用爷爷留下来的老相机给我拍照来着。”她显得怅然若失，扬扬下巴，指着沐国恩挎着的摄影包儿：“就是在那儿拍的。”

黑色的摄影包上别着一枚圆形的徽章，那是沐国恩七年前在米兰以北的科莫湖西岸参观一处别墅时买的纪念品。徽章的图案挺花哨：王冠下对称地伸出两条红色的绶带，环绕着盾形纹章，纹章由五部分组成，分别是底色各异的鸢尾花、雄鹰和华盖。“那是你们家的宅子啊？”“以前是，但 50 年代别墅连同花园都捐给科莫省政府了。”她伸手摸了摸徽章，轻轻叹了口气，便不再言语。沐国恩以为她因失去祖宅而难过，就不再多问。

过了一会儿，卡佩夫妇出来了，脸色并不轻松。沐国恩知道他们虽然搜集了耶稣会传教士的大量资料，但还没找到南怀仁蒸汽涡轮车的线索。这辆小车只有65厘米长，用煤做燃料，锅炉经加热后，释放高压蒸汽，推动青铜齿轮，带动车轮转动。南怀仁在其拉丁语著作《欧洲天文学》中详细记载了这一发明。书稿由耶稣会同仁带回欧洲，经教皇许可，于1687年在巴伐利亚出版。遗憾的是，这个具有划时代意义的机械成就未见于满、汉文史料。皇室也许仅仅把他的模型当成了玩具。在《欧洲天文学》中，南怀仁称："余曾制成一具献赠皇帝之长兄。"史料记载，康熙帝有两位兄长：长兄牛钮，出生三个月即告夭折；二兄福全，终年五十。看来南怀仁所谓"皇帝之长兄"应该是福全才对。这位皇兄于康熙六年正月封裕亲王，康熙二十九年七月授抚远大将军。卡佩夫妇显然希望在福全子孙的史料中找到蒸汽车的下落。

把卡佩夫妇送回四合院儿饭店后，两人便驱车来到北池子大街东侧的皇家驿站，在顶层露台就座。此际浓云低垂，西边的太阳和东边的月亮仅隐约可见。凭栏远眺，余晖下的景山、北海白塔和紫禁城别有一番饱经沧桑的味道，令人平添“风流总被雨打风吹去”的感慨。沐国恩本以为西尔维亚也会感叹世易时移的黯然王气，不料她的态度却很达观：“无忧无虑的贵族生活仅仅存在于想象之中。仅凭姓氏和血统就高人一等，享受特权，何其荒唐。你以为我刚才为科莫湖庄园归公而难过？真是瞎掰！”她用手指刮了刮下巴，表示不屑：“那房子要是不捐出去，肯定会成为家族大战的导火索。捐了就消停了，总比亲戚反目强。”

原来如此。沐国恩尝了口葱油炝黄瓜，觉得她的豁达跟凉菜一样清爽：“可你刚才看到庄园的纪念章，明明显得不高兴嘛！”“我感慨的是另一种物是人非：我和丈夫分居了。”自从沐国恩知道西尔维亚的已婚身份后，便刻意不问她的家庭状况，不料她主动谈起了自己的婚姻。他切下一块羊排，放入口中，一时不知该说什么好，便举起冷饮。西尔维亚见状也端起了自己的干红：“为什么碰杯呢？”沐国恩想了想，说：“有句中国古诗用作祝酒辞挺合适：但愿人长久，千里共婵娟。” 西尔维亚抿了口酒，叹道：“人长久易，婚姻长久可就难了。”沐国恩沉吟半晌道：“你们不是还有个女儿吗？一定很可爱吧！”提起女儿，西尔维亚顿时笑容满面，从手机上翻出女儿的照片给他看。沐国恩随口夸奖小姑娘长得漂亮。当他看到三口人的全家福时，由衷感叹：“你丈夫很帅啊，是音乐家吗？”西尔维亚眼波一闪，答道：“差不多吧，他唱男高音。”“跟你真是天生一对儿！”

西尔维亚放下刀叉，点上一支烟：“以前我也是这么想的。”沐国恩头一次见她吸烟，道：“你也学过音乐，跟他在一起，珠联璧合啊。他是抒情男高音吧？”突然想起自己不久前好像说过跟搞艺术的人结婚后果不妙的话。西尔维亚没有看他，自顾自说下去：“我们是在米兰省一个小教区给残疾人募捐的音乐会上认识的。我唱完雅克·奥芬巴赫的《船歌》之后，听众起立欢呼，要求返场。我就唱了《与你同行》，就是英语歌名《告别时刻》

的那首。唱到一半儿，从听众席最后排传来一个明亮饱满的男高音。虽然看不清他的面孔，但我们配合得天衣无缝，就这么认识了。”沐国恩忍不住轻轻鼓掌：“我一直梦想自己能有机会亲身体验这么浪漫的邂逅，可惜没有一副好嗓子。”西尔维亚已经沉浸在梦境般的回忆之中：“那时的每一秒钟仿佛洋溢着香槟的味道。我只要有时间就去看他的演出。”沐国恩忍不住问：“网上有他表演的视频吗？”“Youtube 上有。我觉得他的音色很像马里奥·兰扎。”兰扎是 20 世纪 50 年代美籍意裔歌唱家，在好莱坞影坛和歌剧舞台风靡一时。他的嗓音华丽奔放，如同上好的牛排一样醇厚多汁，几乎无人能与之匹敌。沐国恩不禁窃笑：看来情人眼里不但出西施，还出大师。

这一对金童玉女，郎才女貌，琴瑟和谐，且衣食无忧，堪称神仙眷属，天作之合，婚姻怎么还会出问题呢？西尔维亚似乎也很困惑。“和我父母见面之后，我们第一次吵了嘴。起初没告诉他我的家庭背景，他只把我当成个二流歌手。带他去我家的时候，他四下打量屋里的陈设，低声说：‘宝贝儿，原来你家这么有钱。’和父母在一起吃饭的时候，他异常拘谨，完全没有了平日的开朗、活泼和幽默。饭后我尽量把话题引向他的专业，他才逐渐谈吐自如起来。后来女仆端上苹果，他不假思索就往嘴里送，看见我父母的吃法，顿时难堪不已。”“吃苹果还有什么讲究吗？”“爸爸妈妈早就习惯了那一套做派：吃水果一定要用小刀儿削皮，削得又薄又快，把果皮削成一根长条儿，宽窄不变。”“够讲究的。”“削了皮不算完，还得切成小块儿，用餐叉叉着吃。跟父母道别后他就埋怨我，说没想到自己沦为野蛮人了。”“这点儿口角不算啥吧。”“嗯，此后他就开始刻意讲究起言谈举止来了。这个女侯爵的头衔儿给他带来不少压力，这是我最不愿意看到的。”“看来你这个贵族不像你说的那么落魄嘛。”“虽然不能像封建时代那样割据称雄，毕竟还有几处老宅第旧城堡，一条小游艇几辆老爷车。这些家当足以让我们过得舒舒服服，但他一贯要强，生怕被别人看作是吃软饭的主儿。”“真是条汉子！”“的确有血性，但他对此过于敏感了，好像有这样儿的父母是我的过错似的。”沐国恩心满意足地咽下香糟醉春鸡，笑道：“你应该告诉他中国前总理周恩来说过：出身不能选择，但革命的道路可以选择。”

“革命就不必了，反正迁就他呗，尽量不沾家里的光，婚礼也办得简单低调。我自然而然成了他的经纪人，日子过得繁忙而甜蜜。他开始小有名气，推特和脸谱上的关注者与日俱增。令我不解的是，事业上站稳脚跟之后，他居然开始热衷于所谓上流社会的排场，有一次甚至正经八百地问我他可以获封什么爵位。我告诉他意大利共和国的法律不承认任何贵族，我们的头衔儿也就是关起门儿来起哄玩玩儿罢了。为什么混得好点儿就开始贪图虚荣了呢？”

沐国恩微微点头：这个问题问得好，就像嘴里的熏肉芝麻烧饼一样有嚼头儿。“我们的关系渐渐不像当初那么简单纯粹了。不过他得知我怀孕后喜出望外，非常体贴。他自封为胎教歌手，天天冲着我这个孕妇唱情歌。”“父亲是男高音，母亲会拉小提琴，你女儿太有福气了。”“应该说她使我们成了最幸福的父母。我暂时放弃了工作，精心看护我们的小公主。然后……问题就来了。他对女儿宠爱有加，对我可不像以往那么上心了。”“莫非是你多心了？”“不。他是好父亲，但未必依然是好丈夫。他开始回避我，我开始听到有关他的绯闻。当面质问他是否有了外遇，他矢口否认，反而冷嘲热讽，说我神经过敏。他作为演员，跟女同事排练，在舞台上扮演情侣是每天的工作。以前我也习以为常，现在却为此争吵，原因无非是我们的互信程度今不如昔。童话般的日子结束了。除了女儿，我们似乎已经无话可说。”

沐国恩记起小潘说过她媳妇儿性情和喜好异于以往，便问道：“你是不是觉得他不像以往那么吸引你了？他果真不如当年可爱了，还是你有了变化，或者你们俩都变得令对方感到陌生了？”他看似漫不经心，却把西尔维亚着实问住了。她半晌不语，缓缓啜尽杯中酒，叹道：“恐怕我们都变了，变得再也回不到从前了。”看来人生若只如初见，中外皆然。有道是等闲变却故人心，变心的究竟是谁呢？天知道。

沐国恩感慨：“本以为像你们这样钟鸣鼎食之家，不必操心柴米油盐，房贷养老，日子会省心得多。最近跟我抱怨婚姻问题的不止你一个。听你们说得这么苦大仇深，我真觉得打光棍儿还算不错呢。”“你就没追求过什么人吗？”“当然追过，但是我追的人往往看不上我，喜欢我的人我又看不上。”西尔维亚笑着问道：“你是怎么个追法？”“套瓷呗，请客送礼，能有啥新鲜的。你每回跟女儿视频通话，不得跟他聊上两句吗？”“嗯，也就是两三句吧，再说就没词儿了。”

“要不换个方式沟通如何，比如给你女儿写明信片儿？”“给她？她才认得几个字啊！”“所以她自然会央求爸爸念给她听，他在读信的时候就知道了你的所见所闻，所思所感。你在北京的生活当然可以说给他们听，拍成照片发给他们看，但是把你的感受写下来就完全不同了。”“怎么不同？”“写作需要思考，甚至是深入的思考。最微妙、最隐秘的感受是很难说出口的，也很难说明白，写出来才更生动、更形象、更鲜明、更深刻、更动人。”“是啊……”“你发短信发微博儿发电邮，也就是敲敲键盘，点点鼠标的事儿，对方立马儿就收到了。通信如此便捷，唾手可得，就没了‘家书抵万金’的期待和珍视。明信片儿有厚实的质感，邮戳儿说明了千山万水的旅程，肯定能让他们父女俩喜出望外。当然，要写就写得像那么回事儿，别光来一句什么‘我在北京吃烤鸭，祝你们胃口好’之类的应付差事，那多没劲哪！”

西尔维亚笑了：“就说吃烤鸭这事儿吧，你觉得怎么写才有劲？”“不妨这么写：京城的傍晚，有谁在饭桌儿旁静候厨师把鲜亮的枣红色烤鸭切成薄片儿端到面前，夹几片鸭皮盖在涂有甜面酱的荷叶饼上，放上几根葱条和黄瓜条，卷起来大快朵颐哪？”“照你这么贫嘴，一张明信片儿都未必够啊！”“谁让你只寄一张了？纸短情长，就多买些明信片儿嘛！你又不缺这两壶醋钱。邮局、酒店、旅游纪念品商店都有卖的，主题就那么几样儿，胡同、长城、京剧脸谱、皇家园林，也有鸟巢、国家大剧院之类的现代建筑。”“有点儿意思，我明儿就去买。”西尔维亚被他说得眼睛发亮。

其实多年来每次出游，他都寄出大量明信片儿，一部分寄给同事，一部分寄给铁哥们儿，当然寄给心仪的女性最多。他去欧洲旅游从来都懒得倒时差，往往是天还没亮就醒来，取出前一日买的明信片奋笔疾书，尽情享受用纸笔倾诉心绪的乐趣。当他把明信片儿一张张地投入邮筒时，觉得旅游的乐趣莫大于此。

当他们离开皇家驿站时，月亮已经隐没在云朵中了。把西尔维亚送回酒店，沐国恩径自回家。突然若有所思地轻轻叹了口气，想起几年前的一个月夜，思念远在大洋彼岸的异性，辗转反侧，不能成眠，写下一首五律：

燕赵起狂风，

可达沧海东？

心忧凝尺素，

怀郁寄萍踪。

长街留倩影，

短梦续乡茗。

伫倚危楼上，

旦暮盼归鸿。

十一、情变

中秋节人人出来赏月，交通拥堵更甚于平日。沐国恩停在路上，忽然觉得腰里有动静，掏出手机一看，原来是柳筱绯打来的电话，响了一声就挂断了。或许是打错了？他想了想，发了个“中秋快乐”的短信。又过了一会儿，电话铃儿响了，又是她。沐国恩觉得这个电话不同寻常，问：“你们俩是不是月饼吃顶了，让我送你们去医院啊？”对方一言不发。沐国恩更觉得不对劲儿，追问：“出什么事儿了，手机又丢啦？”“切，手机丢了还能给你打电话？”“那还是月饼吃顶了？”“去你的。我……忘带钥匙，把自己锁在外头了。你……能过来吗？”“呃，就你一个？”“嗯。

我在三里屯儿北区的星巴克。”“……我就来，争取半小时之内赶到。”他放下电话，心想：什么中秋节当夜把自己锁在外头，纯属扯淡！她不是跟男朋友同住吗？看来的确出事儿了。

当他推开星巴克的店门时，恰与筱绯满怀期待的目光相遇。对视片刻后，沐国恩买了两杯咖啡，在她对面儿坐下，鬼鬼祟祟地说：“你怎么知道我会溜门儿撬锁啊？莫非是雷子？”柳筱绯本想微笑一下，但嘴一咧，眼泪就下来了。倒退二十年，沐国恩遇到这种场面肯定不知所措地去安慰，说些“别哭”之类的废话。但这二十年来他毕竟曾经沧海。他一言不发，只是关怀地凝视着她，并把纸巾递到她手里。筱绯嗫嚅道：“他……打我！”原来如此。这个愣小子忒二了。动了手就撕破了脸，很难挽回，而且令女方毫不费力地占据了无可争议的道德制高点，无论他自以为动手的理由何其充分。沐国恩叹了口气，道：“别绷着啦，跟知心大叔说说吧！”

“小别胜新婚”这句话用在璋骏刚回京的那几天，真是再贴切不过了。最开心的自然是收入的增长：八万块奖金，月底就能拿到百分之三十。公司规定，还有百分之四十年底发，一年后才给最后的百分之三十。这种羊拉屎式的安排不知是哪个缺德鬼发明的，据说可以鼓励员工为公司长期效力，有利于避税，提升所谓“归属感”和“忠诚度”，而一次性发放奖金只会纵容员工轻易跳槽。无论如何，这百分之三十让他们俩美滋滋地舒服了好几天。高璋骏心甘情愿地陪她逛商场买衣服，表现出异乎寻常的耐心和慷慨。回家后也不觉得累，一块儿下厨，用腊肉炒菜焖饭吃，真香！小两口儿如胶似漆，温柔缱绻，甚至认真盘算几时该去领证儿了。

几天之后，姐姐姐夫的一通儿电话使他们的乐观情绪开始逆转。原来璋骏父母一直舍不得更换的家用电器不堪多年使用，终于先后报废。父母心疼儿子，只跟璋骏的姐姐提了一下。姐姐自然心领神会：是该孝敬父母的时候了。璋骏毕业之前，这种开支自然由姐姐姐夫掏腰包儿。而今弟弟混出息了，姐姐就问他可否分摊这笔钱。璋骏当然不愿被家人视为不孝，一口答应给爹妈汇去一万元。筱绯觉得孝敬老人，理所应当，但隐约觉得有点儿不对劲儿，便问璋骏："你去长沙出差，跟姐姐他们两口子说了什么吧？甭跟我装傻！我还不知道你？心里装不住事儿。还没影儿的事儿，就四处瞎嘚瑟。""我怎么嘚瑟了我？我辛辛苦苦还不是为了你啊！""我知道你辛苦，也不埋怨你孝敬父母。养个儿子不就图有个指望吗？工作上的事儿，跟亲戚少说两句没坏处。万一希望落空，多跌分儿啊！就拿晋升来说吧，你就不能等到年底落听再报喜吗？你以为手拿把掐，可这种事儿谁说得准？我们公司就出过……""知道了！你那师姐没升职被气走了，你都说了八百遍了……""你以为我愿意啰唆？我说八百遍你还是不长记性。现在升职的话都吹出去了，年底万一没戏你脸往那儿搁？要说跟领导套瓷，你就不如小白会来事儿。还有那个叫什么'杰奎琳’的女孩儿，有心眼儿又会要手腕儿，把苦活儿甩给你，在销售总监那儿还特吃香。她要是投怀送抱，我还真不信你们头儿能坐怀不乱。”高璋骏心想：女人总是常有理。钱总请我泡夜店，显然已经把自己当成了嫡系，理应不会坑我。但这话不能说给她听。想起那一夜的放纵，他顿生愧疚，赶紧给自己找个台阶下：“好好好，我错了还不成？以后没谱儿的事儿，打死我也不说。”“就怕你撂爪儿就忘。去魁北克的打算还没张扬出去呢吧？现在移民加拿大比以前更难了。”

但姐姐为了哄父母开心，早已把他那天晚上的慷慨陈词添油加醋告诉了父母。中秋节高璋骏接到了老两口儿的电话。收到儿子汇来的“巨款”，父母备感欣慰，自豪不已，乐不可支，恨不得逢人便说自己的宝贝儿子如何出人头地。听父母这么开心，高璋骏自然得意。不料老爷子话题一转，说他的堂兄璋龙打算来京住些日子，希望他安排住处，热情款待。璋骏心想：糟了，刚吹牛过过嘴瘾，就惹了麻烦。

高璋龙是璋骏大伯的儿子。他这位大伯有眼光有魄力，80年代就成了小镇上的万元户。不但生意做得好，而且非常讲义气，对兄弟姐妹有求必应，曾多次周济过璋骏家。不幸的是天有不测风云，前两年卷入了常德地下钱庄案。经过多方打点，总算没有被公安局收审，但家业一蹶不振。儿子璋龙失去了靠山，先后去上海、广州、深圳闯荡，一直没能找到稳定的工作。现在听说堂弟出息了，便有意前来投奔。璋龙是跟自己一块儿撒尿和泥长大的哥哥，大伯又对自家有恩，自己刚刚夸口说在北京站稳了脚跟，父亲恐怕已经跟伯父、堂兄拍了胸脯儿，璋骏觉得自己没有任何理由说出个不字。可是怎么跟筱绯开口呢？

筱绯一听就炸了："你堂弟年初刚来过，今儿又杀出来个堂兄，这可不是你们家的驻京办！"把璋骏说得哑口无言。他俩去年年底租下了这套不到三十平方米的一居室，本打算元旦就搬进来住在一起。谁料堂弟璋彪突然来京“发展”，找他投宿。璋骏推脱不掉，硬着头皮招待。筱绯万般无奈，只得继续跟别人合租。直到一月底璋彪这个“第三者”回家过年，他俩才得以团聚。“不行不行，绝对不行！”柳筱绯下了最后通牒，“巴掌大的地方，就一张双人床，怎么挤得下仨大活人？”“我不是在跟你商量吗？先让他在家住些日子吧。大伯帮过我家大忙，大一的学费就是从他家借的，总不好……”“你这么仁义，去中国大给他包个总统套啊！璋骏，人情世故我不是不懂，该还的人情儿迟早要还。要是咱房子多房子大，你那七大姑八大姨都来我也不拦着。可你看看咱家才多大地方！你是让我打地铺还是跟你们哥俩睡一张床？！”“我……”“我知道你为难。这么着吧，给他找个廉价旅馆，预付一周房租（也得一千多元呢）。一周以后他还想住，自己掏钱，这总成了吧？”“筱绯，他要是有钱住旅馆，又何必来麻烦我们呢？”“那你说怎么办吧？”“在客厅架张折叠床……”“架床？餐桌儿椅子往哪儿放？”“那就架在卧室里？”“跟咱俩睡一屋？亏你想得出来！你大哥跟你媳妇儿天天这么挤在一块儿，你无所谓，是不是？不知道的还以为搞什么三屁呢！”

“你胡吣什么？”璋骏拍桌子瞪眼，“说得那么恶心干吗？你们家要是来了亲戚，我们不是照样儿得腾地方？”“哎哟，先谢谢您嘞。不过用不着。我们家亲戚来北京次数多了，哪回不是住旅馆饭店？哪回用咱们操心啊？”“实在不行，你再搬出去住些日子？”“璋骏，你说的是人话吗？为了招待堂兄弟，第二次把我往外赶！真是兄弟如手足，女友如衣服。在亲戚面前拔份儿比我都重要啊？”“我这不是不得已吗？”“呸！你这完全是自找的。要不是你跟亲戚狂吹，才不会有人想来投奔你！你以为你还是小地方的高材生啊！到北京以后，我见过的人尖子多了，没人说过头儿话，没一个像你这么咋咋呼呼的。你看我闺密的男朋友，做那么大买卖……”筱绯提起那个“富二代”，引得高璋骏火冒三丈：“她的男朋友好啊，有钱，有见识，你去找他啊！”

柳筱绯冷笑了一声：“我要是想找那种人，易如反掌。咱俩认识三年了，我的为人，你应该知道。今儿你居然说出这么不要脸的话来，我哪点儿对不住你？”“你别装洋蒜了！你以为我不知道？那手机是怎么来的？”“又来了！”柳筱绯懒得再继续这种无谓的争吵，打算出去走走，冷静想想如何应付他这位堂兄。璋骏却以为她怯阵了，又逼问道：“不说就是心里有鬼！”“我心里有什么鬼？明明是你虚荣心爆发，就为过把嘴瘾，给我们添堵。”“你以为我不知道？！你说手机是用私房钱买的，可是你账上的钱一点儿都没少！”“你……”柳筱绯心头一震：他俩之间已经没什么财务秘密了。每人手里都有扑克牌式的一摞银行卡，但工资、存款、基金集中在三五个账户里，密码儿彼此都知道，很容易查到对方的账户信息。这对于谈婚论嫁的情侣不是很正常吗？他们不是相互能够完全信赖的吗？他不但查了她的账，也检验了互信的程度。他俩都没想到的是，这种检验对双方而言竟如此生硬和痛苦。

“明察秋毫啊！”筱绯觉得心里发冷。“买手机的钱是哪儿来的？手机是谁给的？”“手机……是别人送的。”他想：你总算招了。“谁送的？”“一个好心人吧。我当时不想把丢手机的事儿告诉你，怕你着急难过心疼。”“真是好心啊。这么大方，肯定是位男士了。他凭什么对你发善心？”“璋骏，我接受他的帮助，就是为了不让你再破费。”“他怎么你了？”“他……我们之间什么都没有啊！”他如释重负，却不愿轻信，便不依不饶：“好个活雷锋啊！你们之间果真没有猫儿腻？”“没有！”“是吗？”他还是不放心，“那么好的事儿，我怎么没赶上。你不会把自己给卖了吧？”柳筱绯恼羞成怒，抬手想打他一记耳光，却被高璋骏抓住了手腕儿。高璋骏原以为她会顺势服软认错，不料她却动起手来，觉得她色厉内荏，肯定对他有所隐瞒。筱绯挣脱不得，踹了他一下，想借势甩开他。高璋骏猝不及防，挨了一脚，终于再也无法忍受，狠抽了她一个大嘴巴子。

“啪！”这一声有如霹雳打在两人的心头。柳筱绯又惊又怒又怕，从脸上疼到心里：“你敢打我？”她这样儿的小家碧玉，从小就是父母的心头肉，何曾受过这种委屈？眼泪夺眶而出。高璋骏终于出了口恶气，却丝毫没有发泄的快感，反而茫然而不知所措。他想安抚她，想说些软话，想道歉，想抱住她，却哑然无语，纹丝不动，似乎一切语言、一切补救都显得多余了，心头又泛起强烈的反感和恶心：她天天跟我同床共枕，居然还勾搭上别的男人？！

他们无言怒视对方不过片刻，却似乎长于百年。在高璋骏眼里，她的行为近乎不忠：她跟那位“好心人”关系肯定不一般。

要不是今天被他说破，恐怕她会瞒他一辈子。这就是他心目中的终生伴侣吗？而在柳筱绯看来，她的男友简直就是个滥施暴力的浑球儿。自己已经把手机的来历如实相告，却落得这般下场。泪光里，只见高璋骏狰狞邪恶，不可理喻。这就是她厮守三年的男友吗？都怪自己当初瞎了眼！脸上依然很疼，头脑却开始冷静下来。她长出口气，强忍着不哭出声儿来，默默转身拿起手机和提包往外走。高璋骏似乎感到她已形同陌路，不由得问道："去哪儿？"柳筱绯没理他，摔门而去，心想：要是立马儿跪下来求我原谅，可能就饶了你；您可倒好，连句软话都不会说啊！她匆匆跑下楼梯，到楼门口却停住了。楼道里静悄悄的，没听见脚步声：还等什么，他根本不想把你追回来！于是不再迟疑，快步往外走，头也不回，同时戴上耳机，听起了碧昂塞的《女光棍儿》。

等她说完惨遭"家暴"的经历，桌上的纸巾盒儿已经空了。沐国恩一直耐心听着，不时同情地评论一句，比如"亲戚来家里住确实挺麻烦的”。心想：这回和事佬可不好当了。她就像只皮球，刚被恶狠狠地踢飞了，希望有人把她捡回来，捧起来，陪她舔伤口。但沐国恩并不想听她絮叨个没完没了，更无意客串心理医生。此刻该给她打气才是。“离开他不是挺好的吗！不用跟他们哥俩挤在一块儿了。先别哭了，现在有啥打算？”“我再也不回他那儿了，就让他跟堂哥过吧！今儿先找个旅馆住下，明儿就租房搬出去。”“住旅馆？没有什么好朋友愿意收留你吗？”“我可不愿意去给人家添麻烦！”其实还有个更重要的理由：她觉得自己就像只丧家犬，实在没脸见她的朋友们。“明儿去看房，不上班儿了？”“嗯，刚才已经给上司发了短信。”“你出门儿都这么半天了，他有啥表示没有啊？”“打过电话，但我没接。”这时她的爱疯又响起来，她扫了一眼就挂断了。“你总得回去搬东西，他拦着怎么办？”“给我磕头都没用！再说他明儿要陪上司去客户单位，没工夫跟我磨叽。”

| 十一、情变 |

沐国恩喝完了咖啡，说：“那就去旅馆吧！是三里屯儿的瑜舍吗？”“是门口儿老停着玛莎拉蒂的那家吧？不带这么损人的！我也就住得起廉价的连锁酒店。”“去哪家？”她启动手机上的地图：“就这儿吧！反正就凑合一宿。”“便宜没好货。要不然……”“怎么？”筱绯直勾勾地看着他。“走吧，我送你。”在80年代兴建的火柴盒儿般的预制板楼群中找到了这家经济型旅店。一个光着膀子的男子正在向前台服务员义愤填膺地投宿：“你们这儿的蚊子是不是空军培养的？怎么轰也轰不走！我是来住店的，不是来献血的！你看我身上叮的包！”沐国恩苦笑了一下，冲筱绯挤挤眼。服务员好不容易把膀爷打发走，沐国恩抢先开口：“要一个单人间。对，单人间就行。没蚊子的。”“我们的房间都没蚊子！”“劳驾带我们先去看一眼，行不？”服务员给他俩打开了房门：“瞧瞧，干净吧！我们的客房绝对超值。”沐国恩皱了皱眉，举起食指放在唇边。只听隔壁传来越发高亢的叫床声。筱绯扭头看着门外，也觉得有点儿挂不住。“哎呀，他们折腾一会儿就完了，耽误不了你们休息。”“抱歉麻烦您了。”沐国恩拉起筱绯就走。

回到车里，筱绯开口道：“换一家就是了。”“廉价酒店，档次也就这样了。去我那儿吧！安静整洁舒服没蚊子，隔音起码比这儿强，还免费。”“哼，只怕不安全！”“把主卧门闩上，不就安全了。”“我不放心。”“床头柜里有把大锤，锤头是在英国谢菲尔德冲锻的，锤把儿是美帝山核桃木的。再给你把意大利不锈钢菜刀放在枕头底下，总可以了吧？”筱绯撇撇嘴：“就怕防不住国产老流氓！”心想：他葫芦里卖的是什么药啊？“老流氓我还真不配！‘老流氓’的拼音缩写是LLM，而在拉丁语里指的是法学硕士。”两人不再说话，体会到一种突破临界状态的默契。

汀兰阁的电梯里有木饰壁板，电梯厅的地砖也让筱绯觉得挺上档次。沐国恩打开户门时，一张纸片儿从门缝儿飘落到地上。他知道那是所谓按摩服务的广告。要是在平日，一定捡起来，进屋后扔进家里的垃圾桶里。现在有筱绯在场，他只得克制住洁癖，把纸片儿踩在脚下。筱绯略一迟疑就跨入防盗门，进入了一个中年男性最私密的空间。沐国恩在她身后把门关好，仿佛隔绝了门外的世界。与她和璋骏塞得满满当当的小屋不同，老光棍儿的家陈设简约，整洁有序，略显空旷。家具布置显然只顾主人起居舒适，无意营造家庭气氛：玄关柜架上，一尊两尺高的半裸女塑像亭亭玉立。客厅的墙上没有照片，挂了几张油画儿，有的写实，有的超现实，估计是名作的复制品。偌大餐桌上没有茶具杯盏，苹果台式机占据了最醒目的位置。桌旁的摄影灯照亮了布艺美人榻的波浪状靠背，往往与之配套的单人沙发却不见踪影。而电视柜其实是个实木外壳儿的电壁炉。

书房、储藏室与客用卫生间之间形成一个过道，一副传统弓箭挂在过道尽头。筱绯看得好奇，取下来摆弄了两下。主卧在套房最深处。沐国恩推开门，却不进屋，只做了个“请”的手势。筱绯进了主卧，刚把门关上，就听见敲门声：他给她取来了刚买的牙刷、瓶装矿泉水和备用的浴巾，又说：“床单儿月初换过，凑合用吧。”筱绯照他说的把门插上，觉得轻松了许多，尽管她并没有感到什么潜在的不安全。随手开灯，大号儿的四柱床就在眼前，坐上去，床垫儿略微偏硬，但比家里的床舒服多了。她躺下翻了个身，马上闻到了异性的味道。前面的墙上也挂了幅画，画面上的青年男女相貌英俊，表情暧昧。右边的墙上则嵌着椭圆形的镜子，坐起来看看镜中的自已，面色红润，泛着解脱的兴奋和快感。

床头柜是镜面钢做的，边边角角都包了褐色牛皮。一台弧形的老式收音机像只猫一样趴在上面，哦，原来不只是收音机，也是个唱片播放器。拉开床头柜的抽屉，还真有把大铁锤压在一摞相册上。翻了翻，似乎都是风景照，没看到女人的照片。在木床的另一侧，棕色的摇椅坐上去感觉还可以，晃一晃，吱扭响。她环顾卧室，感觉屋里略带香艳气息，还算受用。忽然想到：他常带姑娘来过夜吗？洗浴之后，她仰面躺下，伸了个懒腰：双人床，一个人睡才最舒服。闭上眼，一幕幕浮现在眼前的，还是她和璋骏的恩怨。手机里几乎塞满了璋骏发来的短信，无非认错道歉加上甜言蜜语，懒得看了。剪不断，理还乱…………那就快刀斩乱麻吧！

好像昏睡了没多久就被手机的闹钟叫醒了。拉开窗帘，阳光灿烂，满室生辉。这才注意到墙面漆是她喜欢的淡紫色。往日此刻肯定能听到璋骏大声招呼她去吃早点。她匆匆洗漱，似乎可以借此摆脱焦灼的心情。出了卧室，只见客厅无人，厨房门半掩。推开一看，只见沐国恩背对她坐着。他闻声而起，转过身来，手里拎着把血淋淋的餐刀。筱绯惊得张开了嘴。“吃个酱豆腐也能把你吓着啊！”沐国恩笑道，把酱豆腐在两个面包片儿上涂匀，夹入煎鸡蛋，问她：“尝尝？”“不会太咸吧？”她接过来咬了一口，嫩滑的蛋黄流得满嘴都是。吃完早饭，沐国恩一边儿洗餐具一边儿跟她聊：“铁定不吃回头草了？”“嗯。”“那就离他远点儿，搬到这边儿来怎么样？这附近就有地铁站，去你们单位有 40 分钟就到了。同样档次的房子，租金应该比你原来住的地方便宜点儿。”“我的预算可是相当有限。”“先挺过这几个月。等年底租约到期，我把房客打发走，你就可以白住我的旧房了。”“旧房？”“爹妈留给我那套房，离这不远，交通更方便。”“嗯……不用了吧。”

小区周边有好几家中介公司。他俩一上午看了五套房，比较每个房源的户型、朝向、家具电器配置、租金和支付方式。中介知道他们急于入住，在价格上不愿让步。最终，沐国恩选中了一套五年房龄的六层独居室，并为她垫付了租金和押金。“没法儿跟行市较劲，”他劝筱绯，“钱的事儿好说。咱俩谁跟谁啊？你抓紧时间，回去收拾东西搬过来吧！”筱绯听他说得有理，就不再矫情。搬贵神速。沐国恩知道女人衣服多，化妆品肯定也少不了，估计自己的小车儿装不下她的坛坛罐罐，就让搬家公司派了个长面包车，准备了些纸箱。沐国恩对体力活儿不感冒儿，想到陪她回去收拾东西可能碰上高璋骏的尴尬场面，便借口下午有事儿，离开了。筱绯心头掠过一丝不快，也不好说什么。

她乘面包车回到旧居，让搬运工等在门外。推门进屋一看，见桌上、墙上甚至床上都是用打印纸写的大字：“爱你！”“跪求原谅！”“跪求回家！”“千万不要离开我！”这种声嘶力竭的祈求没有引起她任何共鸣。他一贯冲动，冲动地追她，冲动地许诺，冲动地自夸，冲动地伤害她。于是她埋头整理打包。衣柜上也贴了张纸，上面写着：“我会给堂哥找旅馆住。”她忽然觉得鼻子一酸，不知是受了感动还是觉得可笑：他宁愿把辛辛苦苦挣来的奖金周济亲戚，也不愿如实说明他在北京的拮据生活。他为什么就不能抛开所谓的面子，跟他们说句实话“我在北京混得并不如意。你们来京旅游，我没地儿招待；你们来京务工求职，我帮不上忙。”也许他永远也做不到，因为他不是一个人，而永远是那个大家族的一分子，在他身上寄托了太多的期待、责任和义务。对于沐国恩来说，自己过得好就足够了；对于高璋骏来说，事业成功仅仅是开始，还要封妻荫子，还要让父母安享天年，给姐姐姐夫帮上忙，让其他亲戚都能沾光。是他太好面子，却陷入可怜的困境，还是责任感太强，肩负了不能承受的重担？

此时的高璋骏也是百感交集。联络不上筱绯令他心头七上八下。他本想今天告假，可是钱总对这个新客户极为重视，演示文件数易其稿，还特意叮嘱他换套黑西服，买双新皮鞋。但他满脑门子想的都是筱绯。无论如何筱绯不该瞒着他接受别人的厚礼，无论如何他打她确实过分了，无论如何他们不该为堂兄借住而分手，无论如何也要找到她说清楚……轮到他推介产品时，大脑有时突然一片空白，平常了如指掌的术语和参数到了嘴边却频频说错。幸亏小白出面解围，替他完成了陈述。钱总的眼光冷得如同冰刀，扎得他透心儿凉。会后他终于鼓起勇气，向钱总道歉，推说自己身体不适。钱总白了他一眼，一言不发，转身就走。哎，真是赔了夫人又折兵。他心情更加忐忑，试着再给筱绯打电话，她还是不接。终于熬到下班时间，他知道自己今儿捅了娄子，觉得自己应该干点儿什么将功折罪，可又毫无头绪。索性直接赶回家。在小区门口儿看见一辆面包车迎面驶来，副驾座椅上的不就是她吗？一瞬间四目相对，多年的情侣却仿佛路人，不知要说什么，也不想再说什么，好像要说的都说尽了。转眼间汽车驶过，两人都潸然泪下，创巨痛深，不知是为了自己还是为了对方。一个失魂落魄，肝肠寸断；另一个如行尸走肉，心如刀绞。那一刻，他们在痛苦和无奈的炼狱中成长了，成熟了，蜕去青春的单纯和柔嫩。

十二、了结

搬运工拿钱走人。筱绯知道无论如何新的生活已经开始了。她感觉饿了，毕竟中午就没吃什么，可是却没什么胃口。沐国恩告诉她这附近餐馆不少，不少可以送餐入户，还有全天营业的。她叫了份外卖，然后把下午刚刚打包的家什一一取出放好。人这一辈子，要这么折腾几回呢？这时手机响了，原来是沐国恩发来的短信："有个跳槽的机会你感冒儿吗？"想想这个老光棍儿还没坑过自己，便把电话打了回去。沐国恩跟她说了潘摧锋招聘助理的事儿，筱绯不屑地说：“给饭馆儿打工，还不如我现在的饭碗呢！”“您甭拿豆包儿不当干粮。家门口儿的小饭馆儿贴出告示招堂倌，月薪两千，还包吃包住。请问您比人家多挣几个子儿？前门23号、工体那些高档餐厅的厨师长年薪估计跟大公司的总监经理都不相上下了。那家饭馆儿在雍和宫西门儿外，好大一片四合院儿，亭台楼阁，比王府还气派，档次低不了。这位潘总少年得志，不但是饭馆儿的营销总监，还掌管俩奢侈品专卖店。我跟他虽然只有一面之交，但觉得他是不会亏待你的。”“能给我多少钱？”“急什么？”其实沐国恩对此也没底，“总得让他先看上你吧。我觉得你在公关公司的经验应该派得上用场。你们公司的客户里，想必有几个知名度高的公司和机构吧？”“有啊，梅赛德斯-奔驰中国就是。”“挺唬人的。尽快把简历给我发来吧，务必强调你在这些关键客户服务中的贡献。我润色一下就给潘总发过去。如果他想见你，我们再商量面试对策。”“我毕业才一年，无论是写简历还是去面试，好像都没啥好说的。”“但你大二就在那儿实习，算起来也有四年工龄了，总有点儿值得吹嘘的东西吧？想想四年来最艰难的工作，最难缠的客户，最挑剔的上司，你又是如何应对的，这都是你求职的资本。你总认识一批网站和报刊记者吧？宣传那家饭馆儿就需要这样的关系。”是啊！筱绯觉得茅塞顿开。都是跟璋骏分手的事儿，搞得她都智障了。

上班后连续几天璋骏都通过快递给她送花。她在姐妹面前特有面儿，心里却担心他万一找上门来该如何应付。好消息是潘摧锋约她面试了。他比璋骏大个两三岁吧，显得贵气十足。她觉得他的耳钉儿很可爱，但看到他的婚戒便立即专注于面试了。沐国恩对她的辅导非常到位，几乎涵盖了面试中提出的所有问题。“那么你能否谈一谈工作中经历过的最大挑战呢？”“当然。”她胸有成竹地谈起在一次危机公关中，如何在一天内安排新闻发布会现场、打印装订新闻夹、通知35位记者出席并于当夜反馈媒体报道。经沐国恩点拨，她在真实经历中加了几个桥段：朝令夕改的客户、充满敌意的媒体和冷若冰霜的监管部门。潘总听得频频点头："我记得那个家具公司的事儿，原来给它灭火的是你们公司啊。"问及预期薪酬，她先说了自己的当前工资，又表达了追随潘总开拓事业的愿望："钱是次要的，我看中的是长期职业发展。"潘总说："多谢你抽时间来见我。如果我认定你是合适人选，下周会通知你。"筱绯知道这是送客的意思，却没有急于离开。老光棍儿教给她的杀手锏还没使出来呢！她微笑道："如果我有幸被贵公司录用，第一项任务是不是协助您举办开业典礼啊？"潘总听得眼前一亮："不错！""我不自量力，冒昧提些建议，可以吗？""愿闻其详。"

周末刚过，潘总就决定要她了。由于饭馆儿要赶在"十一"前开业，潘总要她明天就来上班儿，显然并不在乎负担她提前离职的违约金。最棒的是工资涨了几乎一倍！看来真是情场失意，职场得意啊！她得意洋洋地给上司马鬃发去了辞职电邮，得意洋洋地向大吃一惊的马鬃道别，得意洋洋地收拾东西，得意洋洋地打电话让沐国恩来接他，得意洋洋地提前下班。直到走出办公楼时才看到高璋骏捧着束花儿等她。又是花儿，就不能来点儿别的！转念一想，天天买花，花钱也不少呢，未免心头一软。他绷着脸，欲言又止，难受得仿佛憋着泡尿一样。见她出门儿，便跟上前来。筱绯不去理他，径直走向停在路边的敞篷车。车里的沐国恩看出了他俩的尴尬，但不动声色。璋骏见筱绯上了车，目光顿时失去了光泽，突然疾步走上前来，恶狠狠地问："你看上的就是这个老胖子啊？他给了你多少钱？"沐国恩直视他的眼睛，扑哧一声笑了。看着他气急败坏的样子，筱绯突然有了恶作剧的冲动。她笑吟吟地问沐国恩："亲，我昨天给你做的晚饭好吃吗？"以往几乎从来都是璋骏给她做饭，搬家后她单独住，也从未去沐国恩处下厨。但沐国恩立马儿心领神会地说："不赖，可惜没有甜点。""当然有甜点，管够！"话音未落，便用深吻封住了他的嘴。这一吻完全出乎两个男人的意料。沐国恩惊得本想推开她，又舍不得满口的温滑甜润，不禁物我两忘，尽兴方休。高璋骏早已无影无踪，空留一束鲜花散落在地。沐国恩不由得心中叹道："可惜了。"

筱绯跳槽成功，自然要庆贺一番。两人来到蓝色港湾公园16号餐厅的二层包间儿。阳台上虽然看不到夕阳西下，但有一泓碧水似乎触手可及，对面湖畔贝壳珍珠状的中心岛剧场也历历在目。筱绯兴高采烈，两杯淡酒下肚，更显妩媚。有了那一吻，说起话来也就没了顾忌。"你那房子有多大？哪年买的？当时多少钱一平方米？""嗯，"沐国恩还没完全适应她的直截了当，"2000年买的楼花儿，但一年多以后才入住。预售价不到四千块。""这么便宜啊！你真是赶上了好时候儿。""现在看的确便宜。不过当时挣得也少啊，每月才九千多块。""九千多块还少啊？比我多多了。他，我是说高璋骏的工资也到不了九千块。""这，不太好比吧！工作不同，年头儿不同，行业也不一样。”“那你现在挣多少？”“现在下岗，不挣钱，坐吃山空，”沐国恩觉得有些不自在，“要说有钱，还是你们潘老板有钱。”“他的确要强上进。”“他？他是有本事有手段有背景。至于要强上进，我看你前男友做得也不差。”“你怎么帮着他说话啊？”“一码归一码。他只顾招待亲戚怠慢了你，但也不必把他说得一无是处嘛。”

一周后的上午，突如其来的噪声把沐国恩从梦中惊醒。家具的磕碰声、器皿的摔打声、小孩儿的啼哭声、女性的叫骂声和男人的嘶吼声组成了远非和谐的一曲家庭交响。沐国恩迷迷瞪瞪地判断：南北方向都是户外，西面的房子一直没人住，东边呢……这时房顶上传来的一声脆响使他立刻明白了：噪声来自上层的芳邻。他清清楚楚地记得几年内这对夫妇新婚的风光：鞭炮放个没完没了，十米长的白色林肯迎亲车有如硕大的棺材，小区大门、楼宇大堂甚至电梯轿厢里都贴上了烫金红双喜。当初的轰轰烈烈莫非预示了眼下的热热闹闹？这又是何苦呢！他打着哈欠起了床，给物业管理公司打了个投诉电话。洗漱沐浴后，才不慌不忙地出门。

下岗的日子即将结束。卡佩夫妇已于昨天离京。他们虽然没有找到南怀仁蒸汽涡轮车的下落，但发现了德理格的两部奏鸣曲，也算不虚此行。德理格受意大利的遣使会派遣，于1711年2月6日抵京。在其后的35年先后效力于康雍乾三代帝王，参与修订音乐论著《律吕正义》，并创立北京西堂（西直门天主堂）。在他去世将近两百年后的1937年，在北京西堂图书馆里发现了他呈送皇室的管弦乐作品集。卡佩就是依据这一线索找到了他的编外作品。

无论是南怀仁的蒸汽涡轮车还是德理格的巴洛克音乐，在中国的官方典籍或者民间著述中都没留下只言片语。伟大的技术发明和精妙的异域音乐都难以对衰败、僵化、腐朽的传统社会产生任何实质性的影响。即便是本土的创新也被无情忽视了。早在万历年间，朱载堉就率先推算出将八度音十二等分的算法，但这项创举在神州大地却知音难觅。好在“墙内开花儿墙外香”，他的算法传到欧洲后，推动了西方音乐的发展。从几时起这个国家开始顽固不化地拒绝本土或舶来的创新了呢？

沐国恩摇摇头，懒得考虑这个伤神的问题，开车去励骏酒店。西尔维亚今天才动身，目的地不是法国也不是意大利，而是布拉格。他来到酒店的法国餐厅，跟尚在喝咖啡的西尔维亚打了声招呼，就去卫生间方便。忽听门外传来熟悉的话音，连忙躲进隔间。说话的不是别人，正是解聘他的合伙人文森特・斯图尔特！“跟你们老总见过两次了，他对我们所印象如何？”“不错，”听着像一个中国人答话，“说实话，你们这些外资所都是百年老店，业务范围大同小异，律师团队的履历也都无懈可击。挑哪个所代理，一定程度上就得看能不能提供‘个性化服务’了。”“这个我懂。尽管我们并不缺人，月初还是把他那个小姨子招进来当了法律助理啊！”“知道知道。老总特地让我谢谢你。小杜对所里安排的工作和待遇都非常满意，老总当然也开心啊。不会亏待你们所的。”“这可完全是为了你们领导。其实我们的编制都满了。为了安排她，不得不解雇了在所里工作多年的下属，这也得花钱啊。”“明白。今天有二把手儿在场，不好把话说得太直。放心，这个星期肯定跟你们签代理协议。”

原来如此！沐国恩顿觉浑身无力。他想起刚毕业应聘时，一家公司的三个经理、一位总监在面试时都问过他入职后，会不会对公司保持忠诚，打算在这里干多少年？沐国恩少不更事，只会惶恐地表示愿意一直为公司效犬马之劳。讽刺的是，在他入职后的短短三年内，这几个质询他会否忠诚的上司纷纷跳槽了。沐国恩当时还年轻，未免有一种被人戏弄的感觉。后来才醒悟自己才是真正的傻瓜。在职场上，所谓忠诚无非就是得人钱财，与人消灾。至于能待多久，就要看机会了。有的人靠频繁跳槽平步青云，有的人顺风顺水一直坚守原单位，其实只因功名利禄，与什么“忠诚”一分钱的关系都没有。当然也有相反的例子：有的人勤勤恳恳，比自己的年头还要长得多，打算在单位一直干到退休，裁员的时候却首当其冲。对企业、对老板忠诚的员工根本无法打动对员工不忠的老板。老板有老板的忠诚——对钱的忠诚，那的确是根深蒂固、坚定不移、万世不易的。更为讽刺的是，有的律师前一天奉上司之命撰写解聘员工的条款，第二天上司就让他在这份亲手拟定的解聘协议上签字。这真是现代版的请君入瓮。

文森特·斯图尔特。他心里默念着。外资所里的洋律师都喜欢起个地道的中文名字，以示通晓汉语，深谙中国文化。文森特嫌原先的中文名儿“斯文森”音译的痕迹太重，让他想个新名字。他唯恐不能讨老板欢心，经过好一番斟酌，才建议改为“司徒文通”。老板发电邮致谢，欣欣然“改名换姓”。现在看来，这个家伙不但“文通”，对拉关系的手段更是门儿清啊。倘若自己处于他的地位，会有其他选择吗？

听见两人的脚步声远去他才出了卫生间。西尔维亚已经吃完了早午餐，告诉他时间尚早，不妨坐下聊聊。“想不到你这光棍儿的主意居然奏效了！”“怎么讲？”“中秋节之后我一下子寄了十二张明信片儿。”“结果呢？”“过了八天接到他的电话，聊了很久。他说我的来信唤起了他久违的美好感觉，亲切又温馨，就像亚得里亚的碧波，托斯卡纳的艳阳。你笑什么？”“我羡慕他的口才。还有呢？”“他觉得如果不努力争取就放弃我们的婚姻未免太可惜了，因为他意识到依然爱我。”“恭喜恭喜！”“所以他请我到布拉格与他团聚——他正随剧团在那里演出《茶花女》。”“沃尔塔瓦波浪宽，风吹江花香两岸。”“什么？”“你们俩在古老的查理大桥重逢，何其浪漫！看万山红遍，层林尽染；

漫江碧透，百舸争流。鹰击长空，鱼翔浅底，万类霜天竞自由。怅寥廓，问苍茫大地，谁主沉浮？”“你在念诗吗？”“这是毛主席1968年前在长沙写的。我随口翻译得不好，原文才美呢。哦，他在哪个剧团，怎么不游说他们来个进京汇报表演！”“你说得轻松。现在全欧洲的顶级乐团、剧团都想来国家大剧院汇报表演，就像一级方程式的高手都愿意在新赛场一显身手一样。来京前他们剧团总监就希望我假公济私，借此机会跟大剧院协商。初步定在2013年7月。希望今年年底能签协议。”“太棒了！两年后我也给你的‘马里奥·兰扎’捧捧场。翻墙在Youtube上看了一段儿他的演出视频，实在太……”沐国恩满脸的不屑一顾。“你不喜欢？”“实在太地道了！”

“这回你真是为利玛窦基金会帮了大忙，请接受这份薄礼。”西尔维亚捧出一个扁方礼盒儿。打开一看，原来是印着维斯康蒂族徽的领带。沐国恩早就在网上查到维斯康蒂家族是利玛窦基金会的牵头赞助方。他煞有介事地伸出双手接过礼盒儿，诚惶诚恐地问道："倒退五百年，凭我这点儿鞍前马后的微劳，大人能否封我个爵士啊？""倒退两百年就行了。不过我瞻仰了国家博物馆的展览《复兴之路》，很受教育。作为堂堂正正的中国人，你居然向西方没落贵族讨封，是否有点儿厚颜无耻哪？"沐国恩如梦初醒，后悔莫及，痛心疾首地作势自扇嘴巴："一世英名毁于一瞬啊！我愧对党四十年来对我的谆谆教导，居然被美色所惑，做出这样丧失国格人格的丑事儿，痛不欲生啊！一失言成千古恨哪！"

"别臭贫了。还有件东西要送给你。"西尔维亚说着拿出一个精致的袋子。"宝格丽？这么贵重，我可不敢伸手。""其实是请你再帮我个忙。你知道法国有个波拿巴家族吧？""当然，拿破仑是我青少年时代的偶像啊。""这个暴发户的后代之中，有个小男孩儿莫名其妙地追我。""追到北京来了？""是啊，肯定是从哪儿听说我与卡佩夫妇同行，就跟过来了。""所以你从阅微庄搬出来了。”“差不多吧！上周终于把我堵在了酒店大堂。”“报警呗！”“他只是单相思，离骚扰还差得远。再说中国警察也懒得管外国男女间的事儿。”“他多大？”“十八！”“我在这个年纪也单相思过。”“别打岔。包里的珠宝首饰我当然不能要。一是不成体统，更重要的是他的品味太差！”说得两人都笑了。“但他求我非收下这个包儿不可。我明确告诉他如果逼我接受，我是一定会转送他人的。”“还是送你的亲友吧！”“她们都不缺这玩意儿。”“要不把它带到布拉格，让你丈夫吃回醋？”“馊主意！要吃醋可轮不到他，他的女粉丝早就给他寄裸照、乳罩儿和内裤了。”“那……就多谢了。”

与沐国恩的悠哉游哉不同，筱绯跳槽后一直很忙，不过忙得很有成就感。潘总基本采纳了她的建议，带着她联络供应商、邀请嘉宾和记者、采购物料、撰写并印制资料，天天都充实得不可开交。令她开心的是，她上班第一天，新老板就发给她一个二代爱拍得。自己和璋骏都舍不得买的玩意儿，就这么轻而易举地到手了，而且不用花一分钱。老板说就用这款平板电脑向客户介绍新饭馆儿的各种菜肴和设施，服务员也要用它给后厨上传菜单。新鲜事儿还不止于此。潘总竟开着辆宝马 Z4 带她出去公干。蓝色的车身锋芒毕露，锐气无与伦比，比沐国恩肥皂盒儿式的小车儿强太多了。她几乎迫不及待地坐了进去，马上感到了座椅低矮带来的不适，看来这个位子也就是看着舒服而已。潘总接听的电话更令她不爽。尽管他并未启动车载蓝牙耳机，筱绯从潘总的表情和话语也能猜到是老板夫人在频频查岗。这么好的工作机会可千万不能折在老板娘手里。于是在工作午餐时，筱绯先把老板的座驾大大夸奖了一番，然后提出保留意见：跑车适于游玩儿兜风泡妞儿，与工作性质不符；Z4 恐怕比客户的汽车还要高档，可能会使客户心生不快；她跟老板乘双座儿跑车进进出出，难免令人误会他俩的上下级关系。最后莞尔一笑：“您看换辆轿车是不是更好些啊？”小潘对这些道理当然心知肚明，开跑车嘚瑟无非想拉拢新来的女助理。听她说得头头是道，连忙说：“我爸的同事把我那辆帕萨特借走了，过两天咱就换回来。”

开业典礼如期举行。饭馆儿名唤“帝都巴洛克”，主打所谓融合菜式，采中、西、日、韩、东南亚各种食材与烹饪之长。典礼的亮点是中央音乐学院管弦乐队演奏的意大利传教士德理格创作的奏鸣曲，为豪华食府营造出浓厚的艺术氛围。来宾中群贤毕至，少长咸集，不乏京城媒体、演艺、商界名流，几乎各个都是微博上一呼百应的人物。柳筱绯把每位来宾都安排妥当之后才入座，同时留意同桌记者的反应。晚宴安排得天衣无缝。接近尾声之际，自己的爱疯响了：原来是璋骏来电。她正在兴头儿上，便走到僻静之处，接通了电话：

“什么事儿？”

“筱绯是我……”

| 十二、了结 |

“我知道。有事儿快说。忙着呢。”

“……你跳槽了？”

“对。”

“他……对你好吗？”

“谁？”

“就是那天开车接你的人。”

“……不是你想的那样。有正事儿吗？”

“你过得好吗？”

“还行……你呢？”

“我……把个项目搞砸了……最近上班儿魂不守舍,总是想你。”

“我可不想你。没事儿我得挂了。”

“等等。堂哥说他随时可以搬出去住……”

“这跟我有什么关系？！”

“还有……那些腊肉我都给你留着，你哪天方便，我给你送去吧！你要是不愿意见我，我可以叫快递。”

筱绯觉得眼睛发热，道：“其实我并不是那么爱吃腊肉，因为你喜欢才陪你吃。腊肉里有亚硝酸盐，吃多了不好。你学理的应该比我清楚……我还在班儿上呢，不聊了，再见。”秋风袭来，不知是为了他还是他们终结的恋情或是与他共同度过的日日夜夜，她偷洒下一滴泪。

沐国恩估计晚宴结束时才到，恰好碰上潘摧锋。小潘再次感谢他推荐筱绯帮了大忙，两人寒暄了几句就散了。沐国恩把筱绯送到她的住处，道别时忽然说：“想送你件礼物，可是落家里了。”“什么呀？”“跟我去取吧，反正没多远。”“神秘兮兮的，搞什么名堂？”筱绯笑着说，心想绷这么久，这老光棍儿也该表白了吧。于是一块儿来到他家。打开包装一看，原来是宝格丽的钱德拉手提包。“太棒了！”筱绯靥生双颊。虽然不如香奈儿的经典款，但也足以拿得出手了。“又得让你破费多少钱啊？”“提钱不就见外了，咱俩谁跟谁啊？”“你先送手机，再请我吃饭，给我租房，帮我跳槽，现在又送包儿，到底图什么啊？”“学雷锋自然要学到底。今儿就算给你庆功吧！”“你是不是从一开始就打我的主意？”“这不明摆着的吗？”

这么拐弯抹角儿地示爱令她觉得不甘心。“庆功得有酒啊！”

“冰箱里有从宜家买的罐装苹果汁儿，甜中带点儿酸涩，特别爽口。”筱绯打开冰箱：“哟，这五颜六色的酒瓶儿真漂亮！绝对伏特加的限量版，陪我喝两杯吧！”“听说侠女海量，把我灌醉了意欲何为？”

“德行！来点儿音乐吧，你这都有什么碟啊？”她一指客厅里糖葫芦串儿一样的六碟播放器。

“管弦乐和歌剧。听《艺术家生涯》里《冰凉的小手儿》吧！

那真是响遏流云的抒情男高音咏叹调。”“嗯……我想听《小酒窝儿》，你这儿有么？”

“……肯定没有。”

“在网上搜呗！”

“是个什么调儿啊？”他一脸茫然。

筱绯轻轻哼唱起来。

“这歌儿啊……甜得能齁儿死我！要不，听花腔儿女高音《漫步街头》，每回都听得我销魂蚀骨。”

筱绯喝了口酒：“那是什么感觉？”

“嗯……跟吃你的甜点差不多。”

筱绯狡黠地笑了：“要想吃我的甜点，就由不得你喽。”